塾講師

村雨凶二郎

Murasame Kyojiro

JUKUKOUSHI

文芸社

目次

第1章 出会い 5
第2章 ときめき 13
第3章 肉欲 25
第4章 至福 87
第5章 メタモルフォーゼ 129
第6章 受験 177
第7章 疑念 207
第8章 別れ 239
第9章 愛 289

第1章　出会い

その少女は、祖母と一緒に来た。

小さめの顔に眼鏡をかけて、かわいらしく微笑むしぐさに藤代裕一郎《ふじしろゆういちろう》は好感をもった。

藤代は小さな学習塾を経営していた。

かつては大手進学塾で人気講師だった藤代も、今年四十になる。このまま進学塾の一講師で終わるより、独立して自分の納得できる理想の授業をやりたい。これが藤代を塾経営に導いた理由である。

しかしながら、経営は厳しかった。少子化と不況のあおりで、思うように生徒が集まらない。

さらに東京近郊のこの土地では、それでなくても大小の塾が雨後《うご》のタケノコのように乱立しているため、そのわずかな生徒を奪い合う。

——理想と現実は違う。

藤代は、当初の甘い考えを是正すべく模索していた。しかし、これといった良い考えも浮かばぬまま、二年目を迎えようとしている。

九九年春。

一年目の進学実績もたいした成果を上げられないまま、新学年生徒募集の時期に入ってしまった。

その少女は藤代が送ったDMを手にしていた。新学期を前に、春期講習生を募るものであった。

「では、こちらにお名前、学校名、新学年を記入してください」

藤代は事務的にそう言うと、少女の祖母に向かって自分の塾のシステムを説明し始めた。とても品のある老婦人であった。穏《おだ》やかな笑顔を浮かべ、語り口も物静かである。

「私は、ただ付き添いにまいりましただけでして、すべては孫に任せているんですよ」

それだけ言うと、その老婦人は微笑んだ。

藤代は、わかりました、と微笑んでから、少女に向き直った。

――桜井《さくらい》由紀《ゆき》・中二
受講申込書にそうあった。

由紀は、藤代の話を真剣に聞いている。目を見開き、時々微笑み頷きながら、藤代の目を見つめていた。

「それでは、講習初日遅刻しないようにね。待っています」

藤代はそう言うと、事務室の扉を開け、二人を送り出した。


三月の風はまだ冷たい。

梅の花はほころんでいるのに、桜の木は沈黙を守っている。

下旬を迎えようとするこの時期は、それでも陽光はやさしくなってきていた。

まだところどころで武蔵野の面影を残すこの地域は、四月になれば鳥の声でにぎわう。

藤代はそんな風景を眺めるのが好きだった。桜などの木々が鮮やかなピンク色に染まるのである。

藤代の学習塾は、三人の時間講師が勤務していた。

三人ともかつての藤代の教え子で、現在は大学の二年生。青春を謳歌《おうか》しつつ、生徒達の良き兄貴分でもあった。

その一人、真田《さなだ》崇《たかし》が出勤のため、事務室に入ってきた。

「はあぁ、まだまだ寒いッスねぇ。来週あたり桜が開花だって聞いたのに…」

真田は入ってくるなり、タバコを取り出しながら笑顔を藤代に投げかけた。

ボサボサの髪にヨレヨレのスーツ。よじれたネクタイを無造作に首の下に緩《ゆる》く結び、屈託《くったく》のない笑顔で授業を進める。しかし生徒達からは、そんな飾らない性格が支持され、この塾では一番人気の講師である。

「来週から春期講習だぞ。気合入れて授業やれよ！」

藤代は、たしなめるように真田に言うと、受講生名簿に目を向けた。

先日の桜井由紀が友達を二人、塾に紹介していた。さらにその口コミで生徒が生徒を呼び、前年比は増加していた。

「桜井のお陰かな…」

藤代は小声でつぶやくと、窓の外の遠くを見つめた。

「え、なンすか、先生」

真田が怪訝《けげん》そうな顔で藤代を見つめた。ちょっとしたことにも首を突っ込みたくなる真田の性格は、時として不快感を呼ぶ。

「なんでもない…、オマエは自分の仕事の準備をしてろ！」

そう言うと藤代はタバコに火を点けた。

「真田先生ってカッコよくない？」

「ええ？　そうかな、伊達先生のほうがイイよ」

伊達伸晃《だてのぶあき》。彼も真田同様、藤代のかつての教え子で塾講師である。

真田と違って几帳面《きちょうめん》な性格で、眼鏡をかけているが顔の彫《ほ》りも深く、日本人離れした雰囲気をもつキャラである。藤代の信頼度も高い。

春期講習も始まり、中日《なかび》を過ぎると女子生徒達は担当教師の品評をするものである。

桜井とその友達二人も、例に漏れず品評していた。

「真田先生って、いつもヨレヨレでダサーイ！」

武田和江《たけだかずえ》がそう言うと、市村愛弥《いちむらあや》は負けじと応戦する。

「でも、優しそうな目してるよ。ああいう人はイイ人だよ。スタイルもラフでかっこイイよー」

授業前のこの風景は、学習塾といえども学校とあまり変わらない。

二人は桜井由紀に聞いてみた。

「ね、由紀はどっちが好み？」

由紀は、うーん、と言ったきり答えず、塾のテキストを見つめていた。

「まさか、あの先生?」

和江がからかうような目で由紀を見つめた。

藤代にはもう一人の教え子の講師がいるが、彼は問題外らしい。あまり明るくなく、パッとしない外見である。名は我妻和雄《あがつまかずお》という。

しかし藤代は、我妻に絶大な信頼を寄せている。コンピューターにかなり精通《せいつう》していて、塾のコンピューターのトラブルはすべて我妻が解決するのである。しかし生徒達はそんなことは露知《つゆし》らず、彼の人気は高くない。

「私にはね、好きな人がいるの。だからそんな話には興味ないの!」

由紀はそう言うと、二人を交互に見て微笑んだ。どこか上気したような顔であった。

「あ、先生が来たよ」

愛弥がそう言うと、扉が開いて藤代が教材を抱《かか》え、入ってきた。藤代の英語の授業が始まった。

「ね、さっきの話だけどサ」

隣の席の和江が、小声で話し掛けてくる。由紀はちょっと迷惑そうに顔をしかめながら、

「何?」と、声を出さないで聞いた。

藤代は教室のホワイトボードに板書《ばんしょ》しながら、英文の基本構成について説明していた。よく通る大きな声である。時々冗談を交えながら、巧みに生徒達の興味を引き出そうとしている。学校の授業よりおもしろい。由紀は授業に集中したかった。

「だからー、由紀の好きな人って…」

「もう！　それはあとでね。今は授業中だよ」

由紀は小声で言ったつもりだったが、小さい教室だったので藤代に聞こえたらしい。

「はい、そこ！　静かにしようネ」

由紀が藤代に叱《しか》られてしまった。

「もう！　和ちゃんのせいだからね！」

由紀がそう言うと、ツンと顔を横に向けた。

和江はちょっと舌を出してから、テキストに目を向けた。

塾の帰りにされるであろう質問の答えを由紀は模索《もさく》した。

――どういう嘘《うそ》を言おうか…

第2章　ときめき

一

由紀は窓の外を見つめていた。べつに景色を見ているわけではない。自分の部屋から見える、いつもと変わりばえのしない風景である。今朝から降りつづいている雨だけが、その景色に新たに参加していた。

季節は梅雨に入った。

モンモンとした気持ちのまま、三ヵ月が過ぎたのだ。

由紀には自分の気持ちの変化がわからない。ただ藤代のことを考えるだけで、胸のあたりが締め付けられるのである。苦しくなるのだ。こんな気持ちは、かつて経験したことがなかった。

小学校時代に同級生を好きになったことがある。しかし、その気持ちと今の気持ちは、明らかに違う。あのときは、こんなに苦しくなかった。ただ楽しいだけだった。毎日が輝いていた。同じ「好き」なのに、なぜこんなにも苦しくなるのか。由紀にはわからなかった。

藤代が好きだった。

春にはその気持ちがわかった。ただそれだけだと思った。しかしその後、胸が苦しくなってきた。今では毎日が苦しい。


由紀には父親がいない。

まだ幼稚園のときに、母親と離婚した。由紀は母とともに、祖母のところにやってきた。以来、この地で暮らしてきた。

小学四年生のとき、一度だけ父親と会ったことがある。

母と三人で待ち合わせをし、それから父の家に二人で行った。父は嬉しそうだったが、由紀はそれほど嬉しくはなかった。母を困らせる人は好きになれなかったのかも知れない。

そのとき由紀は、父の部屋で見てはいけないものを見てしまった気がする。父の部屋の隅に隠すように重ねてあった本。女の人の裸が表紙の本…。

何か裏切られたような気持ちで帰ったことが、遠い記憶にある。

藤代は素敵だった。

由紀の父親より年上のはずだが、ずっと若くみえる。

低く響くやさしそうな声。繊細《せんさい》そうな指。きれいに整えられた長めの髪。

どれをとっても、父親のそれとは違っていた。

――ああいう人が、お父さんだったらなぁ…

最初由紀はそう思っていた。

――でも、この気持ちは…

違うと思った。そんな単純な気持ちではない。胸の中が熱い。重い。苦しい。

どうしたらこの苦しみから解放されるのだろう。由紀は考えた。

机に向かい座り直し、ペンを取った。

――手紙を書いてみよう。

でも、なんて書いたらいいのかわからない。きっと自分など相手にされっこない。おそらく奥さんも子供もいるだろう。迷惑がられたらどうしよう。手紙を書いたって何になる。一笑されるだけ…。

由紀は悲しくなった。友達で携帯電話を持っている子は何人かいる。しかし由紀は持っていない。高校に入ってから、と母に言われていた。気軽にメールができたら…と考えてみても、今はどうしようもない。

手紙を書いてみるしかなかった。この胸の苦しみを少しでも早く取り去りたい。その思いだけでペンを走らせた。

意外なほど早く書けた。素直な気持ちで書いてみたからだろうか。内容はたいしたことはないが、自分の正直な気持ちを書いてみた。

――明日、渡してみよう。たとえ笑われてもいい。こんな気持ちのままでは勉強も手につかない。ただ毎日がつらいだけ…。

そう思いながら、仔犬の写真が印刷されたかわいらしい便箋《びんせん》に書いた手紙を、友達に渡すように小さく丁寧《ていねい》にたたみ、制服のポケットにしまった。

いつのまにか、帳《とばり》が降りたように暗くなった窓の外に、雨の音だけが響いていた。

由紀は渡せないでいた。昼間と夜では気持ちが違うのか…。何度も渡そうと試みたが、どうしても二の足を踏んでしまう。

悔《くや》しかった。勇気のない自分に腹が立った。自然に涙が出てきた。

暦《こよみ》は七月になっていた。一ヵ月近く手紙を持ったままである。明日から期末テストが始まるというのに…。

そんな折、少し早く塾に着いたので事務室に入ってみると、藤代が一人でパソコンをたたいていた。

由紀は、今こそ千載一遇《せんざいいちぐう》のチャンス、と勇気を奮《ふる》って精一杯の笑顔をつくった。そして制服のポケットに手を入れた。

「先生、コレ読んでみて。私、先生のこと、好きになっちゃったんだ！」

そう言って手紙を差し出した。

笑顔をつくったつもりだったが、唇の端《はし》が引きつっているのが自分でわかった。

極度の緊張に涙もこぼれそうである。

「ありがとう。とても嬉しいよ」

最初は戸惑《とまど》った様子の藤代も、すぐに笑顔になり、受け取ってくれた。

由紀は嬉しかった。緊張が由紀の身体から解けていくのがわかる。

由紀は近くの椅子に崩れ落ちるように座った。

「先生って、結婚してるんですか？」

緊張が解けたせいか、自然に言葉が口をついて出た。でも、まだ少し手が震えていた。

「ン、いや、今は独りだ。十年ぐらい前にはしてたけどね」

藤代は、やや間があってからそう答えた。

由紀は天にも昇《のぼ》る心地《ここち》になった。

――独身なんだ！　バツイチなんだ。

「ンじゃぁ、今付《つ》き合《あ》ってる人は？」

「さぁ、どうかな。今はいないのかな？　どうなのかオレにもわからないよ。友達ならたくさんいるからね。そういうのもカノジョっていうのかな」

非常にあいまいな返事であったため、中二の由紀にはわかるはずもなく、「カノジョもいない」と自分に都合《つごう》よく判断した。

「でも、先生ってカッコいいから！　もてるんでしょ？」

「もてる？　オレが？　いつも生徒達からナルシストとか言われ、オチョクられてるオレがか？」

由紀は、不思議とドンドン出てくる言葉に自分自身驚いた。そしてとんでもないことを口に出してしまった。

「うん、だって先生は素敵だよ。やさしいしカッコいいと思う。私だったら付き合っちゃうな」

口に出してから由紀はハッとした。すると藤代から思いもよらない答えが返ってきた。

「そう？　じゃぁ今度、デートしようか」

再びパソコンの方に向きを変えながら、藤代は笑いながら言った。

由紀は有頂天《うちょうてん》になった。

「ほんとうに？　ほんとうに？　絶対ですね？　約束しましたよ！」

「わかった、わかった」

「いつ？　いつですか？」

「そうだな、じゃあ、夏期講習の前半終了後のお盆休み頃はどうかな」


その日の塾の授業は、まったく頭に入らなかった。もう嬉しくて嬉しくて仕方がない。顔も自然にほころんでしまう。二人の友達も、どうかしたの、と顔を覗《のぞ》き込む。

しかし由紀は誰にも話そうとはしない。さっき藤代に言われた言葉を反芻《はんすう》してその意味を考える。

——ただし、誰にも秘密だぞ。塾長が教え子に手ぇ出しちゃったら、まずいでしょ？

この塾、つぶれてしまう…。

パソコンをたたきながら、笑顔でそう言った藤代の言葉に、由紀は酔った。

秘密を今、二人で共有している。これだけでも嬉しい。そしてさらに、

――私に手を出す…

もしそうなら本当に嬉しい！　嬉しさのあまり、どうにかなってしまいそう。

由紀はそう思いながら、明日から始まる期末テストに備え、今夜は徹夜をしようと、覚悟もしていた。

二

夏期講習が始まった。

あれ以来、藤代からの話がない。もうすぐ八月。いつデートしてくれるんだろう。

由紀は毎日、そのことばかりを考えていた。

講習二日目。

塾に行くと藤代が事務室から出てきた。独りでいる由紀に近づくと、口を開いた。

「十四日はどう？　都合…」

小声で早口に、そう言った。

「あっ、はい！　大丈夫です！」

「そう、よかった」

藤代は微笑むと、待ち合わせの場所と時間などをゆっくり説明してくれた。

由紀の家からほど近いスーパーの駐車場。時間は昼一時。クルマでドライブ。行先は藤代まかせ。来る際《さい》、誰にも見られないように注意すること。

大人のデートである。憧れの藤代先生とのデートである。

話し終わって、きびすを返そうとした藤代に、由紀は少し大きな声で言葉を投げた。

「夏期講習、がんばります！」

その言葉に藤代は立ち止まり、顔だけ横に向けて笑って頷いてみせた。

夏期講習中、由紀は一生懸命勉強した。ただ藤代に褒《ほ》められたいがために。眼を注がれたいためだけに。ただ勉強に打ち込むことだけが、今の由紀にできる唯一の「藤代への愛」の表現だと信じ、勉強した。

藤代は、いつも穏《おだ》やかに由紀に接していた。何事もなかったかのように、他の生徒と同じように由紀と話した。

由紀は、ちょっと不満だったが、十四日がある。みんなには秘密の十四日がある。それを思うだけで胸がキュンと熱くなった。

三

八月十四日、午前。

一時の待ち合わせなのに、由紀は八時に起きてしまった。いつもなら朝が弱いはずなのに…。昨夜はよく眠れなかった。ウトウトしてもすぐ眼がさめてしまう。翌日のことを考えると、輾転反側《てんてんはんそく》を繰り返し、色々なことにまで考えが発展してしまう。とうとう藤代と結婚して、子供まで産んでいる自分を想像したりもした。

ベッドから出て、パジャマのまま階下に下り、顔を洗った。鏡を見ると、寝不足で眼が充血していた。

——まいったなぁ…

今日は大事な日なのに最悪のコンディションだ。由紀は目頭を押さえながら、ダイニングの椅子に座った。

祖母が朝食の支度をしている。

味噌汁の香りが鼻孔《びこう》をくすぐる。

「あれ、由紀ちゃん、早いね。今日、部活？」

祖母は後ろを向いたまま話し掛けた。

「ううん、部活は休みだよ。今日は午後から友達と遊びにいくんだ」

由紀は嘘が苦手だ。祖母が後ろ向きなので助かった。

「そう、いいわね。ご飯、食べるでしょ？」

「うん、食べてから、もう一回寝ようかな」

二人で笑っていると、二階の奥の部屋から母親が下りてきた。

「お母さん、私にもご飯、頂戴《ちょうだい》」

そう言うと、母は由紀の方を向いてさらに眠そうな声で言った。

「あれ、由紀、今日は早いね。どうしたの？」

由紀は、やっぱり親子なんだな、と思いながら、それには答えず、ちょっと母をにらんでみせてから、諭すような表情で言った。

「お母さん、顔を洗ったら?」

朝の団欒《だんらん》と食事を済ませ、由紀は自分の部屋に戻った。

まだ十時をまわったばかり。あと三時間もある。

由紀は昨夜のうちに用意してあった服を見つめた。

――先生は私を子供っぽいと思うかなぁ。それとも大人として認めてくれるかなぁ。

着てみた。

昨夜から数えて五回は着たり脱いだりしている。

三日前、母にねだって買ってもらった紺の地にオレンジの横縞《よこじま》の入ったタンクトップ。そして、今ある中で最もお気に入りの白いカーディガンに、ふくらはぎまでのスリムなジーンズ。

由紀は着たまま、身体をベッドに横たえた。

藤代の姿を想像した。瞳を閉じた…。

素敵なクルマに乗って、大人の会話をしている藤代と由紀の姿が見える。二人とも笑顔だ。クルマは軽快に、緑あふれる街道を疾走《しっそう》している。

由紀は想像したまま、まどろんだ。

第3章　肉　欲

一

藤代裕一郎はベッドの脇にあるテーブルに手を伸ばした。

——何時だ？

腕時計をつかみ、目を細めて文字盤を見つめた。

「もうこんな時間か……」

藤代は上半身だけ起き上がって、傍《かたわら》の女の横顔を覗いた。

薄明かりの中、白い顔が静かに寝息を立てている。目鼻立ちが整っていて、彫刻のような顔立ちだ。

もうそろそろ二年になろうとしている。

一昨年《おととし》の夏、近所のスナックで働いていた香田美和《こうだみわ》と知り合い、そのままズルズルと関係が続いていた。

美和は尽くすタイプの女だ。付き合う分には不服はない。顔付きもスタイルもまったく問題はない。非の打ちどころがなかった。

歳は三十。適齢でもある。

藤代は、そろそろ結婚を、とも考えてもいた。今年の暮れには、美和も三十一になる。その前に入籍するか…。漠然《ばくぜん》とそう考えていた。

美和には、両親と弟が住んでいる家がある。しかし、四年ほど前、付き合っていた男と同棲を始め、二年後に別れたらしい。そのまま家には帰れず、アパートに独り暮らしだ。

藤代は、そこに泊まりに来る。食事をする。そして美和を抱く。そんな関係が、もう二年になろうとしているのだ。


外は雨が降っているようだ。厚いカーテンの向こうに雨音が聞こえる。梅雨の季節になった。

藤代はベッドを抜け出て、浴室に向かった。

昼を過ぎていた。

支度をしなければ塾に間に合わない。事務員が四時から来るが、今日は私立高校の受験担当の先生が来る。受験情報を入手しなければならない。

藤代はバスタブに湯を入れるため、蛇口《じゃぐち》をひねった。

「もう行くの?」

ベッドから美和の声がした。

「ああ、今日は人と会う約束がある。だから、少し早めに行かなきゃ」

美和も起き出してきた。

一糸《いっし》まとわぬ裸体である。均整の取れた身体であった。美和は、両手を大きく広げ藤代に抱きついてきた。お互い裸のまま抱き合った。

美和は顎《あご》を上に向けて唇を突き出してきた。

「バカ、寝起きにキスなどできるか」

藤代は、言葉で美和を一蹴《いっしゅう》して腕をほどき、浴室に消えた。


ワイパーで拭《ぬぐ》ってもすぐに大粒の雨がフロントガラスを覆《おお》う。篠《しの》つく雨に、まわりの景色も病んでいるように活気がない。

万緑《ばんりょく》の木々もうっそうとして見え、どこか和《なご》んでくれそうもない雰囲気であった。

藤代は、アクセルを加減しながら注意深くハンドルを操作した。

うっとうしい季節。加えて夏期講習の準備。さらに保護者会の準備のための情報収集…。やらなければならない仕事が山積《さんせき》していた。

塾に着くと早速《さっそく》電話が鳴った。

電気をつけ、受話器を握りながら窓を開けた。

電話の声は美和であった。

「どうした」

「忘れ物よ。腕時計…」

「……」

なるほど、気がつかなかった。風呂から出て、急いで支度をしていたからか。

「どうするの?」

「わかった、今日の帰りにもソッチに寄るよ」

「そう!　わかったわ。でも何時頃?　私は仕事があるから、二時頃になるけど…」

藤代は、チッと舌打ちをした。スナックに出勤する美和の姿は、心のどこかで否定していたのだ。男は勝手なものだ。美和の生活源なのに。

「じゃあ、イイや。来週まで保管しておいて！　今の時期、色々な準備のためチョッと忙しいから」

「ン…、わかったわ。じゃあ来週ね。バイバイ」

やや落胆《らくたん》したような声だった。

藤代は受話器を置くと、左の手首を見つめながら、七月に向けてこれからやるべき仕事のことを考えていた。

美和とのことは、今は頭にない。またいつかじっくり考えよう、と自分に言い聞かせ、仕事に移った。


所詮《しょせん》、知り合ったときには美和とは肉欲を満たすだけの関係のつもりであった。結婚などは望まないし、与えられない。だから身軽であり、塾を開業する気にもなった。

結婚と恋愛とは違う。藤代はそう思っていた。前者は生活そのものである。かつて結婚に失敗した理由も、そこにあるのかも知れなかった。

しかし最近、美和はその結婚を意識しているようだ。安定がほしいのであろう。

それが藤代を悩ませた。

この腕時計の一件もそうだ。藤代の記憶では支度を整えているとき、テーブルの上には何もなかったはずだ。いつもなら、忘れ物がないかどうかは、美和が最終チェックをして、テーブルの上に全てを揃《そろ》えていてくれる。だから、何があるかないかで、最終チェックができていたはずだ。ひょっとして隠していたのでは…いや、まさかそんな……。

男と女は不思議なものだ。追えば相手は逃げるし、追わなければ相手から寄ってくる。美和のようなイイ女も、藤代が追わないから、よけい意地になって寄ってくるのか。藤代は、腕時計の一件も頭では否定しているが、完全には払拭しきれないでいた。

二

保護者会が来週に迫《せま》っていた。

今年の受験事情は、去年とちょっと変わった。

少子化のため、公立校の募集定員が削減されたり、内申書の評価方法が若干変わったりした。藤代はそれらをまとめ上げ、保護者会の資料にするためパソコンに入力していた。

今日から七月。

しかし、相変わらずの梅雨空の曇天《どんてん》は、今の藤代の心の中を表しているようだった。

——美和…

美和との関係は、相変わらず続いている。美和は何も言わないし、何も聞かない。ただ毎日を、いつものように過ごし、時間だけが経過していく。

なんとかしなければ、と思いながらも何もできない。藤代は、自分で自分を責めるが、それでも何も行動が取れない自分に腹も立っていた。


突然、事務室の扉が開いた。

見ると桜井由紀が笑顔で立っていた。学校帰りなのだろう。制服姿であった。

藤代はその笑顔を見て、少し和《なご》んだ。

でも、まだ授業には時間がある。

——ああそうか。明日から期末テスト。勉強しにきたのか…

「期末の勉強か?」

パソコンの手を休め、藤代は訊いた。

由紀は聞こえなかったのか、それには答えず、制服のポケットから小さくたたんだ紙を出して、ビックリすることを口にした。

「先生、コレ読んでみて。私、先生のこと、好きになっちゃったんだ！」

由紀の唇が少し震《ふる》えているのが、見て取れた。コトの次第《しだい》がスグに理解できた藤代は、ややあって答えた。

「ありがとう…。とても嬉しいよ」

藤代は、微笑んで見せた。

かつての進学塾のときも、このような例はよくあった。

しかし藤代は、その生徒達とは一切交際はしなかった。

子供相手では恋愛にならないし、ましてや犯罪である。それに生徒の方でも交際までは望まない場合が多い。卒業と同時に忘れてしまうものである。憧れなんてそんなものだ。

中学生時代は多感な時期だ。ちょっとした憧れだけでもスグに行動に移れる。今の藤代とは大違いだ。藤代は自分と照らし合わせて、少し羨《うらや》ましく思った。

「先生って、結婚してるんですか」

少し指先を震わせながら由紀が言った。

藤代は苦笑《くしょう》した。しかし、秘密にしておくこともないだろうと思い、答えた。

「ン、いや、今は独りだ。十年ぐらい前にはしてたけどね」

由紀は、もう震えていなかった。

「ンじゃぁ、今付き合ってる人は?」

「さぁ、どうかな。今はいないのかな? どうなのかオレにもわからないよ。友達ならたくさんいるからね。そういうのもカノジョっていうのかな」

藤代は美和の顔を思い浮かべた。

由紀の表情が、満面の笑顔に変わった。

「でも、先生ってカッコいいから! もてるんでしょ?」

確かに藤代はもてるのかもしれない。実際、中三のときに女の子と付き合いはじめてから、女が途切れたことはなかった。しかし、そんなことはこの子に言えるわけがない。

「もてる? オレが? いつも生徒達からナルシストとか言われ、オチョクられてるオレがか?」

藤代は笑っていたが、由紀は少し真顔《まがお》になった。

「うん、だって先生は素敵だよ。やさしいしカッコいいと思う。私だったら付き合っちゃうな」

藤代は、やや困惑した。この誘いかけるような積極的な言動と明るい表情、さらに成績も優秀で何事にも臆《おく》することがない由紀に、少し興味をもった。

「そう？　じゃぁ今度、デートしようか」

言った後で藤代は、しまった！　と思った。つい口走ってしまったのだ。

「ほんとうに？　ほんとうに？　絶対ですね？　約束しましたよ！」

喜ぶ由紀に対し、藤代はどうやって断ろうかと考え始めた。

「わかった、わかった…」

笑顔で軽く答えてはみたが、やはり由紀は本気にしている。

「いつ？　いつですか？」

「そうだな…、じゃあ、夏期講習の前半終了後のお盆休み頃はどうかな」

藤代は、できるだけ先延《さきの》ばしにしようと思った。そうすることによって、うやむやにしてしまおうと考えた。

しかし、その間の口止めも必要である。

「ただし、誰にも秘密だぞ。塾長が教え子に手ぇ出しちゃったら、まずいでしょ？

この塾、つぶれてしまうからね」

藤代は少女の夢を壊さないように、できる限りの笑顔でそう言った。

「はい、もちろん！」

両手を胸の前でシッカリ結びながら、由紀は満面の笑顔を浮かべ教室に消えていった。

藤代は由紀からもらった手紙を開けてみた。

――藤代先生へ
先生、私は先生が好きです。

本当に夜も眠れなくなるほど。

その優しい笑顔は私の心の奥底にすべりこんで、私を捕らえて離しません。

先生は生徒として見ているると思うけれど、私は生徒である前に女の子です。

先生に恋してもおかしくないでしょう？

私が先生と同じ年だったら、きっとこんな想いはしなくてすむでしょう。

けど、どうしようもないのです。

いままで、「憧れ」とかんちがいし、「恋」もろくにしていなかった私が、先生と出逢ってすっかり変わってしまいました。

「好きになってください」とは言いません。

でも私の「好き」という真っすぐな気持ちは、どうか受けとめてください。

答えはいりません…。

気持ちを…、ただ伝えたかっただけです。

…これからも、今までと変わらず接してくれることが…先生の優しさだと思っています。


読み終えた藤代は、タバコをくわえた。

中学二年生の文章にしてはしっかりしている。

まだ幼い文体であり、意味不明な個所もあるが、中学生らしい純粋な気持ちがヒシヒシと伝わってくる。

やはりデートは断ろう。そう思った。

由紀の純粋な気持ちを壊したくなかったし、美和のこともある。

紫煙《しえん》をくゆらせながら、窓の外を眺めた。

曇り空の中から、斜陽《しゃよう》の一筋《ひとすじ》が塾の窓に差し込んでいた。

以来、由紀は藤代の授業はいうまでもなく、すべての教科でも俄然《がぜん》はりきりだした。

宿題どころか予習まで、テキストなどは全部消化してしまうほどの勢いである。特に藤代の担当教科である英語と国語はすごかった。授業中、常に藤代に熱い視線を送っている。艶《つや》のある、潤《うる》んだような目だ。

藤代も当初、デートは断ろう、と考えていたが、こんなにも頑張る由紀を見て、ご褒美《ほうび》をあげたいという気持ちにもなってきていた。

三

梅雨明けと同時に夏期講習が始まった。

刺すような日差しが、辺りの木々を輝かせる。路面はその光を照り返し、暑さを倍増させる。蟬の声も一際《ひときわ》高い。

連日の猛暑の中、中三生達は朝十時から塾に来て六時まで、自分達が履修《りしゅう》した科目をこなしてゆく。中二と中一は、部活があるため、夕方六時からの授業となり、履修教科も英数国の三教科のみである。

藤代は、当然中三生達にかかりきりであった。

受験生にとって夏は天王山《てんのうざん》である。この夏はおろそかにできない。藤代も他の講師達も真剣であった。

あの手紙をもらって、もう一ヵ月が過ぎようとしている。

由紀は、まだ中二なので六時からの授業に参加していた。

藤代の授業は、英語の一科目のみだ。授業中の学習態度も良く、相変わらず真剣に取り組んではいるが、どこか寂しそうな目をすることがしばしば見受けられた。

当然かもしれない。由紀はデートを楽しみにしているのである。いつ話し掛けられるのか、ワクワクしているのである。それがない以上、落胆《らくたん》が顔に出るのも不思議ではない。ましてや、まだ中二の少女である。

藤代は思案に余った。

藤代にとって、今の恋愛対象は美和である。

美和のことを考えなければならない。由紀のことは生徒としか、考えてはいけない。それはわかっている。しかし、由紀の気持ちもいじらしく思える。由紀は一言の催促《さいそく》をすることもなく、寂しそうな目で見つめるだけである。むしろ催促してくれたほうが楽に断れる気がした。

――会うだけ、会うか……

講習二日目、五時半、三年生と入れ替えに一、二年生が塾にやってきた。

独りでいる由紀の姿が見えたので、藤代は事務室から出て由紀に歩み寄った。

「十四日はどう？　都合《つごう》…」

小声で早口に、そう言《い》った。

「あっ、はい。大丈夫です」

やや暗い表情であった由紀が、いっぺんに明るくなった。満面の笑顔になった。

藤代はその笑顔に一瞬たじろいだ。とても愛しく思えたのである。暗かった由紀が明るくなっただけで、とても嬉しく思えたのである。こんな感情は初めてである。

「そう、よかった」

藤代も微笑んで、待ち合わせの場所と時間などをゆっくり説明した。

由紀の家からほど近いスーパーの駐車場で昼一時に待ち合わせをし、クルマでドライブする。行先は決めてない。クルマの色は銀。人に見つからないようにすること…。

話しているうちに、由紀の表情は生き生きしてきた。昨日までの表情とまったく違っていた。

四

藤代は乳首を吸っていた。愛しそうに包むように優しく吸った。

右の手で左の乳房を揉んだ。大きくゆっくりと…。柔らかく、ときには強く。

香田美和は小さな喘《あえ》ぎ声をあげている。苦しそうな、切なそうな声である。

藤代の舌が、美和の胸からヘソに向かって移行した。美和の声は、まだ一定のリズムをとっている。

藤代は美和の身体から顔を離し、美和の股間を見つめた。

薄明かりの中、その茂みは息づいていた。美和の両脚を大きく開かせ、顔を近づけた。ツンとした匂いがした。茂みの中を開いてみた。蜂蜜《はちみつ》をかけたホットケーキのように光っている。

藤代は、それを舌ですくい取った。美和は、あッと、一瞬叫んだ。

藤代は口をすぼめ、両のひだを吸い込んだ。美和はたまらずに大声を発した。

藤代は吸いつづけた。そして舌先を回転させた。美和の声は一定のリズムをはずれ、叫び声と嗚咽《おえつ》で呼吸さえ乱れはじめている。

「このままイッてもいいぞ」

そう言うと藤代は、そのまま行為を続けた。

美和の声が高くなった。荒い声だ。苦しそうでもある。その声が再び一定のリズムになった。

そのリズムが続く。藤代の舌と唇は容赦なく活動している。

その瞬間。

美和は、息を止めた。そしてやや長い低い声を発した。

藤代は美和の股間から顔を離した。美和はグッタリしていた。

やや間をおいて藤代は膝で立ち上がり、怒張《どちょう》したものを美和の顔に近づけた。

美和は、それを口に含んだ。そして吸った。

左手で睾丸を擦《さす》っている。

糸を引く透明な液が出てきた。美和はそれを舌先ですくった。そしてさらに強く吸った。藤代は声にならない低い声を少しあげた。そして美和の頭を両手でつかみ、奥まで飲み込ませた。

美和は、おえっと、声を出した。藤代の男根は長い。根元まではとてもムリだ。

美和は口から離すと、今度は睾丸を口に含んだ。

亀頭の先からまた液が出た。美和は再びそれを吸った。

「よし、脚を開け」

藤代は命令した。美和は無言でそれに従い、藤代の長い男根を受け入れる準備をした。挿入した。

美和は一気に声を荒げた。しかし、まだ挿入は半分ほどである。

藤代は奥まで、静かに挿入した。美和は、ウッと、のけぞった。ヘソまで到達している感がある。苦しい快感だ。美和は悶絶《もんぜつ》するような声をあげた。

藤代は、ゆっくり上下に動いている。美和の嗚咽《おえつ》も、一定のリズムに入った。長い時間それが続いた。

不意に藤代が膝を少し立て、動きを速くした。美和のリズムが、狂いはじめた。動きが、だんだん速くなる。美和も、それに合わせるように声が出る。

動きが激しくなった。

パンパンという音が、美和の部屋に響いた。美和の声がアパート中に聞こえているかも知れない。しかし美和は声を押さえ切れなかった。

ややあって、美和は大きく甲高《かんだか》い声をあげた。やや遅れて藤代も果てた。

美和は、下から藤代を抱きしめた。背中が汗で濡れていた。

藤代は上半身起き上がり、枕もとにあるティッシュに手を伸ばした。まだ結合している二人の股間にそれをあてがうと、ゆっくり引き抜いた。

美和は、自分の中からウナギが出てくるような感じに、ウッと声を出して、藤代を見つめた。

藤代は無言で自分の股間を拭いている。美和は目を閉じた。

最近の藤代は優しさがない、と思う。いつも無言で美和を抱くようになった。

以前は違った。

少なくても出逢った頃は優しかった。いつも「愛してる」を連呼してくれた。美和はその頃の藤代がとても好きだった。でも今は寂しく感じる。

しかし藤代とのセックスは、最高であった。

美和は藤代と出会う前は、セックスに対して閉鎖的であった。好きではなかったし、イッたこともなかった。藤代によって変えられたのだ。以前の相手にテクニックがなかったと言ってしまえばそれまでだが…。

また、男根も藤代ほど大きくなかった。美和は藤代によって、女としての悦《よろこ》びを与えられた。

結局、美和は藤代と出会って、物事の価値観も変わったし、開花させられた気がする。だから、美和は黙って藤代に従うしかなかった。

「夏期講習が…」

ベッドから起き上がり、タバコをくわえた藤代が口を開いた。

「え？　ウン…」

美和がけだるそうに答えた。そうだ、今日は夏期講習の前半が終わった日であった。

「結構タイヘンだったよ。でも、ま、今年は生徒も増え、充実している。美和の仕事のほうはどうだ？」

言われて美和は、返答に困った。ドウだと言われても所詮《しょせん》は水商売。客が入ろうが入るまいが時給は一定である。

「どう、って言われても…　ふつう、だけど…」

「ふつう…　か。生徒と同じことを言うんだな…」

藤代は吐《は》き出すように言った。

容姿はイイのに、会話がおもしろくない女はたくさんいる。美和もその部類か…。

藤代は立ち上がって、自分のシャツを手にとり、着はじめた。

「帰っちゃうの？」

「ああ…、これから帰って講習後半のテキストを作らなきゃ…、一週間はかかりそうだからね」

もちろん嘘である。

これからお盆休みを迎えて仕事があるはずがない。ここにいても会話をするのに疲れる。そう思ったのである。

「美和は、明日、仕事か？」

「うん、でも来週十一日からお店、休みなの。一週間…。どこか旅行でもしない？」

「うーん…、旅行はちょっと無理だな…、テキストを作らなくちゃならないし…」

「そう…　あ、でも、一緒には、いられるんでしょ？」

藤代の脳裏に由紀の顔がよぎった。

「ン、わからん。作成状況次第《しだい》だな。また連絡するよ」

「そう…」

落胆した美和の表情を見るのはつらかった。しかし、美和への興味が薄れはじめているのも事実だった。

藤代は支度を整えると、裸の美和にキスをして、深夜の街道への扉を開けた。

五

八月十四日、午後。

蟬の声が一段と高い。夏の太陽が容赦なくその存在を誇示《こじ》している。うだるような暑さである。

陽光は、真上にあった。

由紀は、まどろみから目を覚ました。

目を薄く開けて、ベッドの横にある目覚まし時計を見た。

十二時半。

由紀は目を見開いた。そして飛び起きた。

——わーん、ドウしよう…

寝過ごした。目覚ましをセットしておけばよかった…。

後悔しても始まらない。急いで支度を開始した。

すぐに階下に降り、トイレに入ってから再び顔を洗った。鏡を見ると、目の充血が取れている。

三時間ほど寝てしまったのか…　でも頭がスッキリしている。目の下にクマもない。

——よし、いける！　待っててね、先生！

頬を二回、軽くピシャっとたたき、気合を入れた。

「お友達との時間、大丈夫なの？」

祖母がバスルームに来て、鏡とにらめっこしている由紀に声をかけた。横の洗濯機が作動している。脱水が終わったところなのか、祖母は腕まくりを始めた。

「たぶん、大丈夫だと思う…よ。じゃ、急いでいるから！」

そう言うと由紀は、脱兎《だっと》のごとく自分の部屋へと駆け上がっていった。

——まいったなぁ、服がしわになっちゃった…

でも、もう気にしている時間がなかった。五分前…。急いで髪を整え、目脂《めやに》をチェックし歯茎《はぐき》も再度チェックした。それから眼鏡をかけた。

——よし。行こう！

階下に下り、玄関で靴を履《は》いていると、洗濯物を抱えてバスルームから出てくる祖母の姿が目をかすめた。

「いってきまーす！」

庭の物干しに出ようとする祖母に向かって声をかけた。

「気をつけてね、なるべく早く帰ってくるのよ！」

「はーい！」

おそらく、母親もまた二度寝しているのだろう。毎日の仕事で疲れているはずだ。せっかくの夏休みなのだから。

由紀は今朝の家族とのやり取りを思い出し、口元が緩《ゆる》んだ。

――急がなきゃ！

由紀は走った。あと二分！

駐車場に着いた。銀のクルマ…　まだいない。

時刻は…　ちょうど一時！

よかった。間に合った。と、そのとき。

右の入り口から、銀のスポーツカーがゆっくり滑り込んできた。

――来た！

由紀は胸がキュンとなるのを感じ、左手でそこを押さえた。

そのスポーツカーは由紀の前で止まった。左側の窓がスーッと開いて、サングラスをかけた藤代がハンドルを握りながら微笑んでいた。

――カッコいい！

由紀はそう思うと、背筋がジーンとしびれた。

「おはよう！」

藤代はそう言ったが、今は一時だ。

「もうお昼はとっくに過ぎていますよ！　でも、おはようございます」

由紀も笑顔で返した。特に「ます」を強く発音した。生徒が先生に挨拶《あいさつ》するように。

「そうだよな、一時だもんな。サッ、乗りな！」

右側のドアを指示された。

「うん！」

〈乗りな！　うん！〉まるで恋人同士の会話みたいだ。由紀はゾクゾクするような感動を覚えた。

右のドアを開けた。大きなドアだ。中は意外と広い。中に入ると運転席はまるで飛行機の操《そう》縦《じゅう》席のようだ。計器類がたくさんある。

母親が乗っているクルマは、小型の大衆車だ。造《つく》りも小さいし席も狭い。しかしこのクルマは二人用に設計されているのか、助手席の前の部分には大きな空間がある。とてもゆったりしていた。そのかわりに後ろの席は、「飾り」のように狭かった。

「じゃ、行こうか」

藤代がアクセルを踏むと、クルマはゆっくり滑り出した。

カーステレオからは、今年流行《はや》っている音楽が流れている。最高の気分だ。

「この町を出るまで、背を低くして顔を隠していなさい。誰か知り合いに見られたら困るだろう?」

藤代は、さっきの恋人同士のような話し方から、普段の先生のような口調に変わった。

由紀はチョッと不満だったが、はい、と言ってその体勢をとった。

「あ、ゴメン、先生のような口調になってたか? 今日はデートだったたっけな」

由紀はクスッと笑った。

「もういいぞ」

由紀は、うん、と答えて車窓を見た。

十分ほど走っただろうか、見慣れない道を走っていた。

由紀は身体を起こし体勢を整え、藤代を見つめた。

サングラスをかけた藤代は、まるでテレビに出てくる俳優のようだ。

夢にまで見た藤代との初デート。それはまた、由紀の想像とまったく同じであった。これは現実のことなのか、由紀は信じられない気持ちでいっぱいであった。

エアコンの冷やりとした風を浴びていると、夏の陽光も穏やかに感じるものだ。

夏の日差しを浴びてキラキラ輝いている万緑《ばんりょく》の木々が風に揺れる中、銀のスポーツカーは、快調に疾走《しっそう》していた。


「どこに行こうか」

「どこでもイイよ、先生にまかせる！」

「な、先生はやめないか？　これから行くところで先生と言われたら、周りに変な目で見られる。やっぱり犯罪者に見られたくないし…な！」

「じゃ、なんて呼んだらいい？」

「そうだな…、ユウさん、でどうだ？　オレの名前は裕一郎だから、ユウさん」

「ユウさん！　わかった――。ユウさんね！　じゃぁ、ユウさん…に、行き先は、まかせる！」

「じゃぁ、オレも桜井のこと、ユキって呼ぶから！」

「うん！」

由紀は、背筋が寒くなるくらい感動していた。夢にまで見た恋人同士の会話である。

「そうだな、行き先か…　どうしようかな。門限は何時だ？　それによるかな」

「うーん…　七時ぐらいかな…　なんたってまだ中学生ですから！」

藤代は吹きだした。

「そうだよな――、まだ中学生なんだよな――、悪い先生だな、オレって！」

二人で笑った。

楽しい！

楽しくて仕方がない。このまま時間が止まればいい、と由紀は本気で思った。

クルマの中のこの空間は、二人だけの世界。いままでの先生と生徒の他人行儀《たにんぎょうぎ》な話し方から、まるで恋人同士のような話し方に変えてくれる。

由紀は、ずっとこの空間にいたいと思った。


一時間ほど走ったところで、クルマはかなり広い駐車場に入っていった。

お盆休みの真っ最中にもかかわらず、満車ではなかった。スペースは、いたるところにあった。

藤代は入り口にできるだけ近いところを目指してスペースを探した。

スペースを見つけると、クルマの頭からスッと突っ込んだ。そしてエンジンを切った。

母の運転を見慣れている由紀は、藤代の巧《たく》みなハンドル捌《さば》きに驚かされた。要領がいいのかカンがいいのか、全てが鮮やかに見える。スマートであった。

「さ、降りて」

藤代は、そう言うとドアのロックを開放した。

由紀が降りると、先に降りていた藤代が首をちょっと傾けて、来るように合図をした。

由紀が見たのを確認してから、藤代はきびすを返し歩き出した。由紀もそれに続いた。

陽光をさえぎるように、大きな広葉樹がいくつものトンネルを作っている。その中を二人はゆっくり歩く。小鳥達のさえずり、蟬の声、木々の葉の間から漏《も》れるやさしい光。周りの景色、全てが輝いて見えた。

由紀は、ここには昔来たことがある、と思った。小学校低学年の頃、いとことその家族四、五人で来た気がする。この先に湖があるはずだ。

ゆるい傾斜を下っていくと、陽光を浴びてキラキラ輝いている湖が視界に入ってきた。

「きれいだな！」

サングラスをかけたまま、藤代はそう言った。

「うん、すごくきれい！」

由紀も思わず声に出した。

「ここはね、人造湖なんだ。大きな企業が経営しているから設備も整っている。今日などは、ドコも込んでいるはずなのにここはこんなにすいている。穴場だろう？　ほら、ボートもある」

サングラスをはずしながら、藤代はボート乗り場を指差した。

「あとで、アレに乗ろうか！　でも今は何か飲もう！　喉が渇《かわ》いた」

由紀は、うん、と答えてそれに従った。


この湖の公園は、ある大手の企業が出資し、小型のテーマパークとして近郊の家族をターゲットに造られたリゾート施設である。由紀がまだ幼い頃、母親に離婚の寂しさを払拭させるために、母の妹が子供達を連れて、ここに遊びに来たのであった。由紀には、そのときのことが遠い記憶の中にあったのである。

二人は、湖のほとりにあるカフェに入った。

由紀はアイスコーヒーを注文し、藤代はビールを注文した。

「ビール？　大丈夫なの、運転！」

もう本当に打ち解けた会話である。由紀は自然に話し掛けている。

「大丈夫さ、一時間もすれば酔いもさめる」

二人は、もうこんなにも親密な話し方になっている。不思議な気がした。由紀に違和感は、もうすでにない。車の中という空間の魔術、それにお互いの呼び方…。

今では、ときめきと不安が交錯《こうさく》している。この時間を失いたくない。由紀は、そう思いはじめていた。

ややあって二つの飲み物が一緒に来た。二人は乾杯した。

ちょっと古ぼけたカフェであったが、由紀は大人の世界を垣間《かいま》見た気がした。

そして、そこで色々な話をした。

藤代の学生時代の話、かつての進学塾の話、そして由紀の子供時代の話など、飲み物がなくなっても話は尽きなかった。

六

藤代も、不思議な気持ちになっていた。

今日由紀と会ってから、まだ二時間ほどしか経っていない。

しかし、まったく生徒という気がしない。まるでふつうの女だ。ふつうの大人の女と話している気がする。不思議な子だ。本当に中二か、と思った。

「ボートに乗ろうか」

話が途切れたところで、藤代が切り出した。

まだ日差しが強い。外は暑そうである。カフェ内の客も、外に出るのをためらっているようであった。

かといって、このままずっとココにいるのも考えものである。

「でも、外、暑そうだよ」

由紀は窓から見える木々の葉の輝きを、覗《のぞ》くように見てから向き直って言った。

「たしかに…な。でも、このままずっとココにいるつもりか?」

「うーん…」

「どうした?」

「私、ボート、漕げないし…」

藤代は笑った。

「なんだ、そんなことか。大丈夫だよ、ふつうは男が漕ぐモンだ。それにペダルで漕ぐスワンボートだってあるし…」

「そっか！　じゃあ、イイよ。行こう！」

藤代は伝票をもって立ち上がると、精算を済ませ外に出た。由紀もそれに続いた。

外は灼熱《しゃくねつ》であった。

この公園に着いたときよりも暑く感じる。冷房の中にいたことによる体感の差か。由紀も少し顔をしかめていた。

ボート乗り場までは百メートルほどであるが、藤代はもう汗でシャツを濡らしていた。

由紀もいつのまにかカーディガンを脱ぎ、タンクトップ姿になっていた。

その露出した肌に、藤代は不覚にも視線を落としてしまった。

――ばかな…

藤代はちょっと頭を振った。

乗り場に着いた。アルバイトらしい若い男が、小屋から出てきた。

ほかに客はいない。ボートはスワンも含め、何台も停泊《ていはく》していた。沖のほうには七、八台のスワンが浮いている。

「どうする？　普通のボートにするか、それともスワンにするか？」

「どっちでもイイよ、ユウさんに任せる！」

藤代は由紀を愛しく感じた。

「ボートは暑そうだ。屋根のあるスワンにしよう」

藤代が先に行き、スワンの前に立った。そして手を差し出した。

由紀は促《うなが》されて、その手を握った。

さりげなくではあったが、由紀の手に触れた。瞬間、藤代に込み上げてくるものがあった。由紀の水着姿に近いタンクトップも、その刺激を後押しした。

——オレはこの子と、どうにかなってしまうのだろうか…

まさか！

相手は中学生である。ましてや中二だ。しかもこの子はまだ十三だ。明らかに犯罪である。藤代は、想いを払拭しようとした。

「ユウさん…　どうしたの？」

スワンに乗ろうとしていた由紀が、怪訝《けげん》そうに訊いた。

「ン？　あ、いや、なんでもない…」

ちょっとためらった様子に、由紀は心配そうな顔をしている。藤代は、由紀に笑顔を向け、ゆっくりと腰をかがめながら陸からスワンに移動した。

由紀を右側に座らせ、藤代は左に座った。

それぞれがペダルを踏んで、仲良く漕ぎはじめた。

まだ暑い昼下がり。屋根が付いているとはいえ、スワンの中は非常に蒸《む》す。それに漕ぐ運動が加わるのだからたまったものではない。藤代のシャツは、すぐに水をかぶったように汗で濡れた。ビールを飲んだせいでもあるだろう。

「ユウさん、すごい汗！」

由紀はためらいもなく、そのシャツに触った。そしてペタペタと軽く掌《てのひら》でたたく。藤代は、その動作をとても自然に感じた。

——これは恋人同士の行為だ。

そう思った。

男の汗を、何のためらいもなく触れられるものなのか？

——オレは、由紀に惹《ひ》かれているのか…まさか、この十三歳の子に惹かれているのか…

藤代は由紀の自然な動作に惹かれながらも、自分が引き込まれそうなこの状況を否定しつづけた。

四時に近くなると、さすがに周りのスワン達も引き上げていく。

気が付くと湖に浮いているスワンは、三艇《さんてい》ほどであった。

漕ぐ速度はそうとう落としているので、汗は完全に退《ひ》いている。水辺を渡る風も、とても心地好い。

ふと見ると、由紀のタンクトップの左肩から、ブラのストラップが大きくはみ出ていた。おそらく力を入れてペダルを漕ごうとするあまり、背もたれに強く体重をかけたために下着がずれたのだろう。

「ユキ、ストラップが見えているぞ」

藤代は、さりげなく指摘したつもりだった。

しかし由紀は、ひどく慌《あわ》てた。

無言で、動揺したようにそれを隠した。

そして、沈黙が続いた。

藤代は思案に余った。どう言葉をかけようか。おそらくとても恥ずかしかったのだろう。いままで藤代のために背伸びして、より完璧な女を演じようと努力していたものが、ここで崩《くず》れたのかもしれない。

「恥ずかしかったか？」

「…ウン…」

由紀は声を出さずに、そう頷いた。

「では、それを払拭してやろう。オレが取り去ってやろう」

そう言うと、藤代は由紀の頬を両手で包み、唇を寄せた。

由紀は、あっ、と言ったが、拒否はしなかった。

信じられないくらい柔らかい唇だった。まるでマシュマロを口に含んだときの感触だ。

——これが少女の唇か！

藤代は美和とのキスを思い浮かべた。感触はまったく違っていた。大人になるにつれて唇は硬くなるのか…。

ややあって、藤代は顔を離した。

由紀は顔を反対側に向けてしまった。藤代は優しく訊いた。

「恐いか？」

その問いに、由紀は首を横に振った。

「じゃあ、なぜ黙ってる?」

藤代は悪魔になりかかっていた。とてつもない背徳者になるのではないかという意識が、まだ彼を抑制しようとしていた。

しかし、このまま地獄に落ちてもイイとも思った。由紀はそれほどまでに輝いて見えた。

「眼鏡を外してごらん…。もう一度キスをしよう」

由紀は言われたとおり、眼鏡を外した。

藤代は再び、今度は左手を由紀の右耳の後ろに添え、顔を近づけた。

今度は由紀も顔を近づけてきた。

再び柔らかいマシュマロと唇が触れた。今度は、お互いに唇を吸いあった。二度目の由紀は積極的であった。まだぎこちないが、藤代の唇を何度も何度も吸っている。テレビで見たのか、本で読んだのか、知識で得たやり方を試しているようにも感じる。

藤代は顔を離し、由紀の顔を見つめた。今度は由紀も顔を背けなかった。藤代の顔を凝視《ぎょうし》している。

鼻の頭にちょっと汗をかいている由紀は、このうえなくかわいかった。

「オレのこと、好きか?」

由紀は黙って頷いた。

「わかった。では、話をしよう。オレも由紀のことが好きになりはじめているらしい。ゆっくり話がしたい。ボートを返してから、ベンチで話をしよう」

ボートを返却した。

二人は木陰《こかげ》のベンチを探した。

もう四時をまわった頃か、西日が斜め横から二人に突き刺さってくる。湖の表面は、銀色のシートをかぶせたように光って見えた。

大きなケヤキの下に、木製のテーブルと椅子のセットが置かれていた。

そこに二人は相対《あいたい》して座った。

湖から木陰に吹いてくる風が心地好い。

「ね、ユキ…、オレに何を望む? オレはユキよりもはるかに年上だし、同世代の子のように堂々とデートはできない… この先、必ず不安になることも生じると思うよ。だから、オレに何を望むのかを訊きたい」

由紀はしばらく黙っていた。

「私… わからない… そう言われてもわからない… ただユウさんが好きなだけ… この先の

ことは、わからない…」

そう言って由紀はうつむいてしまった。

「ね、ユキ…、オレは男でユキは女だ。そうである以上、オレはユキの身体を求めることになる…。ユキは、それを承知できるのか?」

由紀はしばらく黙っていた。そしてやがて頷いた。

「いつかは私も、男の人と必ずそういうことをすると思う…。それが早いか遅いかの違いなら、私は本当に好きな人としたい…」

由紀はうつむいたまま、一気にしゃべった。

「では、今、オレが望んでも受け入れられるのか?」

由紀は決意したように、力強く頷いた。

「わかった…、ではこれからホテルへ行こう。オレは今日、ユキを自分のものにする。ただし、安心しろ、セックスはしない。Bまでだ。ユキの身体が見たいだけだ。ユキの決心を知りたいだけだ」

「…はい」

由紀は藤代を凝視し、頷きながら答えた。

七

そのホテルは、湖からほど近いところにひっそりと建っていた。

独立した別棟《べつむね》タイプの部屋が五戸ずつ二列に並んで、それぞれが一階に駐車スペースをもっている。

つまり、誰にも見られることなく部屋に入れて、その部屋の中にある自動会計機によって、チェックアウトできるのである。

中学生とホテルに入るという犯罪行為には、細心の注意が必要である。

藤代は神経を獣《けもの》のように尖《とが》らせながら、クルマをスペースに入れた。常に人がいないかどうかを注視していた。

「さ、着いた…。降りて！」

藤代はドアのロックをはずした。先に降りると、由紀が降りたのを確認してからドアにロックをした。

駐車スペース脇に、二階に通じるドアがある。開けるとそこは玄関になっていて、目の前にはスリッパが二足並べてある。

藤代はそれを履《は》いて二階に上がった。由紀もそれに続いた。

二階の部屋は、やや広めのワンルームタイプの部屋であった。ソファーに小さなテーブル、大きめのテレビにカラオケセット、右端にはダブルベッド、奥には浴室とトイレ。

そのワンルームには、全てが機能的に整っていた。

まず藤代はテレビを点けた。ともすれば重くなりそうな雰囲気を払拭したかったのである。それから藤代は浴室に入り、タブに湯を注いだ。戻ってくると由紀にタオルとバスローブを渡した。

「オレが先にシャワーを浴びてくる。出てきたら由紀も入りな。その際、オレは一切何も見ていないから安心して入ってこいヨ」

藤代は、優しく諭すように言った。

由紀が頷くのを確認してから、藤代は浴室に消えた。


浴室から藤代がシャワーを浴びる音が聞こえる。

由紀はバスローブとタオルを抱きしめながらソファーに座り、ぼんやりとテレビを見ていた。

今、ここにいる自分が信じられなかった。

確かにデートする前は、密かにこうなることを期待していたと思う。

しかし実際にその場に臨《のぞ》んでみると、恐い…。逃げ出せるものなら逃げ出したい。何に対して恐いのかはわからない。本当に藤代のことは大好きである。先ほど湖のほとりで言ったように、本当に好きな人に抱かれたい、というのも事実だ。

由紀は頭の中が白くなりはじめていた。

ボーッとしてくる。視野の外側は、モザイク模様のようにぼんやりとしていた。

するとバスルームの扉が開いた。

藤代がバスローブを纏《まと》って出てきた。

おそらくその下には何も身に付けてはいないのだろう。

由紀はそれを想像して、胸が熱くなった。

「さ、ユキ!」

促《うなが》されて由紀はゆっくり立ち上がった。

うつむきかげんでバスルームに向かう由紀に、藤代は優しく声をかけた。

「大丈夫だよ…、心配するな。ユキを困らせるようなことは一切しないから、安心しろヨ!」

由紀は頷いてからバスルームの扉を開けた。

「この脱衣かごを使いな！」

後ろから、直径一メートルほどの籐《とう》でできたかごを手渡して、さらに藤代は言った。

「いいかい、深刻に考えるなよ。本当はオレだってドキドキなんだぞ！　なんたってこれから犯罪者になろうとしているんだから！」

由紀の気持ちを察《さっ》してか、笑顔でおどけて見せてくれた。

由紀も笑顔で、うん、と頷いた。

扉を閉めて、服を脱ぎはじめた。ジーパン、タンクトップ…。

下着姿になった。

シャワーの右隣に大きな鏡がある。

鏡の前に立った。

由紀は自分の身体を見つめた。

後ろに両手を回してブラのホックをはずした。乳房が露出する。さらにショーツも脱いだ。まださほど濃《こ》くない茂みも露出した。

鏡を見つめた。

自分の裸体を、こんなにまじまじと見つめるのは初めてである。

――ユウさんはこんな身体に満足してくれるのかなぁ…

不安があった。

自分では子供っぽい身体だと思う。乳房も大きくないしウエストもそんなにくびれていない…。

脚も太いし、お尻も引き締まっていない…。

由紀は悲しくなった。

おそらく藤代は、いままで完璧な女性達を相手にしてきたのだろう。藤代の身のこなしを見ていると、そう感じてしまう。常に、優しくソフトでスマートであった。女の扱いに慣れているのだと思う。

――私は…、私は…、まだオトナではない…ユウさんを満足させてあげられない…

由紀はシャワーを摑んだ。そして温度設定をゼロにした。

そして一気に冷たい水を、その裸体に浴びせた。

――くっ！

冷たい…。でも、この身体を少しでも引き締めたい！

その思いだけで、冷たい水を浴びつづけた。

藤代はテレビを見ていた。

見てはいるが、見ていなかった。

浴室からシャワーの音が聞こえる。

藤代は苦悩していた。

——オレは悪魔になってしまうのか？　これでいいのか？　まだ相手は十三だぞ！

ここまで来て、何をいまさら…と悪魔はそれを否定する。が、人間藤代はまだ苦悩していた。

気を落ち着かせるために、タバコを一本取り出した。それをくわえて火を点けようとしたとき、浴室の扉が開いた。

藤代と同じようにバスローブを纏《まと》い、髪の肩にかかった部分を少し濡らせ、うつむきかげんで由紀が出てきた。

藤代は高揚《こうよう》した。

くわえたタバコを元に戻し、テレビを消した。立ち上がって由紀をベッドにいざなった。

由紀は促《うなが》されてベッドに向かった。

藤代は悪魔になる決心をした。

由紀は真剣に藤代に抱かれようとしている。昨今の不良中学生のように軽い気持ちではない。

本当に藤代のことが好きだというのがわかった。

——ならばオレは、犯罪者にでも悪魔にでもなってやる！　由紀のオレへの想いに応えなければなるまい！

藤代は由紀をベッドに横たえた。そして由紀の左側に身体を寄せた。

キスをした。

あの柔らかいマシュマロを吸った。由紀も吸い返した。

ややあって藤代は顔を離した。

「いいかユキ…、基本的にセックスというのはお互いの体液の交換だ。だから、まずお互いの唾液を吸い合い、そして性器を舐め合う。本当に相手を恋しいと思うとき、それをしたくなる…。わかるか？」

由紀は頷いた。

「キスのときはオレの舌を吸い、オレの口の中に舌を差し入れろ」

そう言って藤代は舌を由紀の口の中に入れた。由紀はそれを吸った。藤代は舌で歯の裏から歯《は》茎《ぐき》へと、由紀の上顎部《じょうがくぶ》を舐め回した。それから由紀の舌先を舐め回してから、自分の口の中に誘い入れた。そして藤代は由紀の舌を吸った。強く、そして柔らかく…。由紀がたまらず声を出す。

「あッ…」

由紀は驚いた。身体がとろけそうであった。キスだけで全身が震える。

藤代が恋しい…。愛しい…。心からそう思った。

由紀は藤代の舌を吸った。舌を絡ませ合った。藤代から注がれる唾液も飲んだ。もっとのみたかった。

藤代は由紀のバスローブの帯を解いた。そしてローブを開いた。藤代が視線を注いでいるのがわかる。

由紀は両の掌《てのひら》で胸を隠した。

「恥ずかしがるな。ベッドの上では羞恥心を捨てろ。セックスは二人だけで行い、発展させていくものだ。パートナーが羞恥心を持つと、相手はしらける…」

そう言って藤代は由紀の手をほどき、バスローブを取り去った。

藤代は歓喜した。

すばらしい身体であった。想像していた少女の身体ではなかった。陰毛はまだ薄いが、大人の身体に近い。仰向《あおむ》けに寝ているのに乳房の形が崩れていない。胸から腰にかけての稜線《りょうせん》は、くっきりとウエストをくびれさせ、尻を充分に張り出させている。理想の身体に近かった。

再びキスをしながら、右手で乳房に触れた。まだ小ぶりの乳房だ。花の蕾《つぼみ》のように硬くて張りがある。藤代はそれを優しく、そして大きく揉《も》んだ。

藤代は由紀の唇から、首筋へと舌を移行させた。汗に濡れた首筋を舐めてから、乳首を吸おうとした。

——陥没《かんぼつ》乳頭……

やはり処女はまだ乳頭が出ていないのか……。

藤代は乳輪を丁寧に舐めてから、乳頭を吸った。すると乳頭が勃起した。乳輪から一ミリほどだが盛り上がった。

藤代は左右の乳房を交互に吸った。

「あうッ！」

たまらず由紀が声を漏らす。藤代はやさしく、ときには強く左右を吸った。

次に藤代はヘソを舐めた。穴に舌を入れた。ヘソ垢が若干あり、舌先に触れる。しかし藤代はそれを汚いとは思わなかった。むしろそれを舌先で崩しながら吸い込んだ。そして飲んだ。ヘソの周りが赤くなるほど藤代は吸った。

藤代の舌が茂みにかかった。まだ完全に陰毛は生え揃《そろ》ってはいないが、大人の女性と比較してもなんら遜色《そんしょく》がなかった。

由紀は脚を閉じていた。目を閉じて左の乳房を揉まれながら喘《あえ》いでいた。

「ユキ、脚を開け」

「あ…、明かりを、消して…」

「だめだ。オレは今日、ユキの全てを見ると言ったはずだ。羞恥心を捨てろ」

由紀は観念したように脚を開いた。

性器がぱっくりと口を開けた。両太腿の付け根の部分に、膣から続く透明の液が附着し、糸を引いている。膣口にはその液があふれそうになっていて、今にも垂れんとする寸前であった。

藤代は右中指でその液に触れた。その指を天井に向かって上げた。

伸びる、伸びる…。
四、五十センチは伸びた。
「ユキ、見てごらん。こんなに伸びてる」

由紀は目を開けてそれを見た。何であるかすぐにわかった。

「いや…」

由紀は目を背《そむ》けようとした。

「ユキ！」

藤代はそう言うと、中指に附着している液を舐めて見せた。

「やめて…」

由紀は横を向いて、固く目を閉じた。

藤代は由紀の亀裂《きれつ》に沿って、舌で舐め上げた。

「あッ！」

由紀は顎《あご》を上に向けた。その瞬間、藤代は一気に液を吸い込んだ。そして飲んだ。さらに小陰唇の周りを舌で舐め回しながら、音を立てて吸った。

「あーッ…」

由紀は仰《の》け反《ぞ》った。

由紀は信じられない快感に酔っていた。

かつて、このような快感は経験したことがない。

藤代の技術はスゴイ、と思った。魔術師のように思えた。由紀の身体の急所を変幻自在《へんげんじざい》に操《あやつ》っている。陶酔《とうすい》と恍惚感《こうこつかん》が由紀を包み込んだ。

今藤代は自分の恥ずかしいところを、汚いところを、なんのためらいもなく舐めている。藤代に、もっともっと自分を預けたかった。自分のすべてをさらけ出そうと思った。

後頭部から鼻孔《びこう》にかけて、快感が突き抜けている。大きな波にのみこまれるように、繰り返し快感が押し寄せてくる。

藤代の左右の指が由紀の亀裂を押し広げている。

そして人差し指で陰核部の包皮を剝《む》いた。陰核が露出している。恥ずかしい…。でも藤代は羞恥心を捨てろと言う…。

由紀は我慢した。

我慢すると陰核が脈打つように動く。

すると突然、藤代が由紀の陰核を吸った。

脳天を突き抜けるような刺激が走った。

「はうッ!」

由紀は思わず声を上げた。

その声に反応するように藤代は陰核を吸いながら、舌先でも陰核を転がしはじめた。
由紀はたまらず、声をあげつづけた。
藤代は執拗《しつよう》にその行為を繰り返す。
やがて由紀は、今までとは違った快感が押し寄せてきそうな感覚を味わった。
——これが、絶頂…なの？
わからない…。わけがわからないまま、その感覚だけが迫ってくる…。
来る！　くる！　クルッ…。
「うわーッ……」
由紀はわけがわからないまま、身体を痙攣させた。さらにまた痙攣が来る…。
由紀は数回、身体を震わせた。
全身に鳥肌が立っているのがわかった。まだ身体がピクつく…。
やがて藤代は、やさしく、包み込むような愛撫《あいぶ》にかわった。
由紀はグッタリしてしまった。
「あ、脚がつりそう…」
やっと言葉を発することができた。

「ふーッ…」

藤代が深呼吸とともに、由紀の隣に身体を横たえてきた。

「ユキの汁、いっぱい飲んだ…」

右手で口を拭《ぬぐ》いながら、由紀を見つめた。まだ呼吸が荒い。

「ああ… ユウさん…」

由紀は、両手両脚を藤代に絡めてきた。

藤代も左腕を由紀の頭の下に置き、右手で由紀の身体を抱きしめた。

「ユキ… すばらしい身体だ。オレはユキを好きになってしまったようだ…。いや、愛してると言ってもイイ…」

「うれしい…、ユウさん…」

四本の手は、さらに強く引き寄せあった。

「私もユウさんを愛してる。すごく好き！」

二人はまた唇を吸いあった。

「ね、ユキ、今度はオレのを口に含んでみるか？」

「うん！　舐めたい！　ユウさんを愛したい！」

藤代は由紀の顔を、自分の股間にいざなった。

由紀は藤代自身を口に含んだ。

ちょっとしょっぱかった。でもこれが藤代自身の味なんだと思うと、愛しくてたまらない。歯を立てないように吸ってみた。ジワッとさらにしょっぱい液が出てきた。ねばい液である。由紀は夢中でのみ込んだ。

「ユキ、ゆっくり顔を上下に動かして…。歯を立てないようにな。そして亀頭は強く吸うんだ、痛いくらいに」

由紀は言われたとおりにした。

「いいぞ、ユキ…。とても上手だ…。今度は舌を絡めてごらん、アイスキャンディーを舐めるみたいに…　そう、ゆっくりでいい…」

由紀は嬉しかった。藤代に褒《ほ》められると何でもやってあげたくなる。

それにしてもペニスってこんなに大きいものなのか…。由紀は雑誌の記事を思い出していた。二週間ほど前、興味本位に少女雑誌を本屋で立ち読みした。そこに日本人の平均サイズが書かれていた。その数字は、たしか十四センチ…だったと思う。それから比較すると、藤代のは、あきらかに長いと思う。

由紀はできるだけ奥までのみこんでみた。

——うッ…

喉の奥でつかえた。半分ぐらいまでしか入らなかった。

それにしても愛しい…。暖かくて、硬くて、生き物のように脈を打っている。そしてときどきしょっぱい液が出てくる…。

由紀は搾《しぼ》り出すようにして、いっぱい液を飲んだ。

——このペニスで貫《つらぬ》かれたら、私はどうなってしまうのだろう…


藤代は驚いた。

わずかなアドバイスで、由紀はどんどん上手《うま》くなっていく。なんという学習能力だろう。もともと知的水準の高い子だとは思っていたが、こんなにも習得が早いなんて…。

藤代はかつて、かなりの数の女と関係をもっていた。

学生時代から女には不自由したことがなかった。その中には床上手《とこじょうず》な女もいれば、稚拙《ちせつ》な女もいる。もちろん処女もいれば、熟女もいた。

しかし今教えたことをすぐに体得して、藤代を納得させせられる女はいなかった。

由紀はまさに藤代の理想であった。天性のものをもっていた。

——天賦《てんぷ》の才…

藤代は挿入してみたくなった。

——オレは本当に悪魔になってしまったのか…

「ユキ、さっきオレはBまでだと言った。でもオレはユキと一つになりなくなった… ユキが望むなら挿入する。望まないなら、ここでやめる…。どうする?」

由紀は薄目をあけて即答した。

「いれて…」

「わかった…。では、仰向《あおむ》けになれ」

その言葉に由紀は仰向けになり、自ら脚をM字に開脚した。

——一つになれるはずだ。

藤代はそう思っていた。先ほどの口腔前戯《こうこうぜんぎ》で気付いたことがある。

由紀は自慰《じい》をしたことがあるはずだ。でなければ、あれほどの快感は得られない。

自慰行為をしていない女は、陰核が過敏だ。触れるだけで痛がる女もいる。とくに処女であればなおさらだ。常に包皮で守られているわけだから当然である。実際、出会ったとき二十八を過ぎていた美和がそうであった。それまで経験してきたセックスが稚拙なものであったのだろう。女の悦《よろこ》びというものがわかっていなかった。

由紀はすべてのことに興味をもっている。好奇心が旺盛《おうせい》である。この学習能力の高さがなによりの証拠である。おそらく小学校の高学年あたりから自慰をしていたのではあるまいか……。

藤代は自身の男根に手を添え、由紀の亀裂にあてがった。そして上下にこすった。

由紀のバルトリン液が絡みついてくる。亀頭がテラテラ光っている。

亀頭を膣に埋め込んだ。

由紀は身体を固くした。

「ユキ、身体を固くするな。緩《ゆる》めろ。でないと、痛いぞ」

藤代は動きをとめて、やさしく囁《ささや》くように言った。

言われて、由紀は身体を緩めた。

藤代は、さらに男根を差し込んだ。

由紀は再び身体を固くした。

「ユキ、緩めろ」

再び緩めた。

藤代はさらに入れた。

由紀は硬く目を閉じている。両の指もシーツを摑んで震えていた。

「痛いか？」

「ううん…、大…丈夫…」

――痛いはずだ。ユキは耐えている。

「平気だよ…　ユウさん…　来て！」

目を固く閉じながら、由紀は押し殺すような声で言った。由紀が愛しい…。

「わかった…。では、いくぞ！」

藤代はゆっくりと根元まで挿入した。

「あぁ、ああ――ッ…」

由紀はたまらずに大声を出した。

藤代は由紀の両腕の下から肩をしっかりと抱きしめた。由紀もそれに呼応《こおう》するように、藤代の背中に両腕を強く絡ませた。

――一つになった！

歓喜の瞬間であった。

二人はお互いの唇を吸いあった。舌を絡めあった。

「ユキ、愛してる」

「私も…、ユウさん…」

ややあって藤代は上半身を起こした。そして結合部を見た。

しっかりと刺さっている。信じられない思いであった。十三の子とセックスしてしまった。しかも愛してしまったのだ。藤代は、これは夢の中の出来事ではないか、と思った。

藤代は腰を上下に動かした。ゆっくりと、そしてやさしく。

由紀はすべてを藤代にまかせている。薄く目を閉じ、ときどき藤代の顔を盗み見る。口を開けて、眉間《みけん》にしわを寄せている。かわいい。このうえなく愛しく感じる。

藤代は動きを速くしてみた。

由紀は自然に声が出る。藤代はリズムを作った。由紀もそのリズムに乗ってくるはずだ。

由紀の股間では男根が激しく出入りしている。

由紀はしかし、リズムに乗れないでいた。ときどき狂う…。

無理もないだろう。

キスに始まるすべての体験が今日行われたのである。よくぞここまでついてきた…。

藤代は慮《おもんぱか》った。

今日のところは、これ以上望まないことにしようと思った。今後二人で発展させていけばいい…。

「ユキ…、オレはそろそろいくよ。最近、生理はイツ来た?」

動きをとめて、藤代は訊いた。

「…わからない…、私、けっこう不順だから…」

——だろうな…、まだ中二だ…。十三なのだ。この年齢で定期的に来たら、逆におかしい。

「わかった…。ではゴムを着けよう」

藤代は、僅かな鮮血に光る男根を引き抜くと、枕もとからホテルに備《そな》え付けのコンドームを取り出し、装着した。

そして再び由紀に挿入した。

「あッ…」

由紀は、今度は軽く声を発するだけであった。すんなり入った。うっとりした表情であった。

「じゃあ、いくぞ」

「うん…、来て！」

藤代は激しく動いた。由紀は再び口を開け、眉根《まゆね》を寄せている。

やがて藤代に高揚《こうよう》が来た。

「うッ…」

低い声とともに藤代は果てた。長い、長い放出《ほうしゅつ》であった。

藤代も身体を震わせた。

第4章　至　福

一

由紀は天井を見つめていた。

照明灯が、ガラス細工のようにキラキラ輝いていた。紗《しゃ》をかけたように柔《やわ》らかくぼんやりと見える。

身体中が弛緩《しかん》していた。

由紀の初体験が終わった。こんなにも素敵なものだとは思わなかった。雑誌などで読んだのとは全然違っていた。まったくと言っていいほど痛みはなかった。むしろ快感のすごさに驚いた。由紀は藤代に酔った。まるで魔術にかかったようだ。こんなに人を好きになってもイイのだろうか、と思うほど藤代が恋しい…。

今、由紀はその藤代の腕の中にいる。信じられない。今朝までの憧れだけの想いとは次元が違う…。そう思えた。

藤代の左腕の付け根に顔を埋《うず》めてみた。藤代の匂いがする。深呼吸するように吸いこんだ。腋毛が鼻をくすぐる…。

——至福…

由紀は国語の期末テストに出たこの漢字の意味を、いま初めて実感した気がした。

「まだ子供の私に、こんなことを教えてしまって、悪い先生！　ユウさんって！」

由紀は藤代の腕の中でつぶやいてみた。とても甘えてみたい気分だった。

藤代は笑って抱きしめてくれた。

由紀は仔犬《こいぬ》のような声を出した。自然に出てしまったのだ。すこし恥ずかしかった。

「くぅーン…」

藤代は身体を反転させ、右手で由紀の後頭部を押さえ、自分の胸に抱き寄せた。そしてグッと力を入れた。それからさらに右腕を背中にまわし、骨が軋《きし》むくらい強く抱きしめた。

——幸せ！

男と女の関係って、こんなにも幸福感、安心感があるものなの…？　そう思った。

由紀はこのままずっとこうしていたかった。

二

藤代の右手と由紀の左手が絡まるように結ばれている。

車窓から見える景色は、闇に浮かぶ町並みの明かりで彩《いろど》られていた。

七時を回っていた。

ホテルには三時間以上いたことになる。

由紀も藤代もまだ信じられない気持ちでいた。お互いの身体にはまだ名残《なごり》がある。一つになったことは実感している。しかし年齢やお互いの関係を超え、本当に一つになれたのだろうか…。

その思いが二人にはあった。

右手と左手はまだ、しっかりと結ばれている。藤代は左片手運転だ。

「急がなければ…な。時間、大丈夫か？」

「ン、たぶん…　でも、ちょっと怒られるかな？」

横目で藤代を悪戯《いたずら》っぽくにらんでいる。小悪魔のような目である。しかし今の藤代にとってはこのうえなくかわいらしく見える。

「ユキ、今度はイツ逢える？」

「いつでもイイ。ユウさんの都合のイイとき…、うぅうん、いつでも逢いたい…」

藤代は絡めた指をほどき、今度は右手を由紀の右肩に回し、引き寄せた。

「ユキ、実はな、オレ、塾からほど近いところにマンション、借りているんだ」

「え？」

「つまり…、ユキの家の近くにオレの家がある…」

「ほんとう？　本当に？」

由紀は見開いた目に、満面の笑みを浮かべて藤代を見つめた。

「まぁ…、マンションといっても小さな賃貸マンションで、オレの実家は十キロほど離れたところに別にある。だからそのマンションは、塾に通うのにも便利だし、ただ寝に帰るためだけの小さな部屋だ。言ってみれば、秘密の隠れ家みたいな存在かな」

由紀は眼を輝かせて聞いていた。

藤代は塾を開業するときに、近くに部屋を借りた。帰りが遅くなったときや、独りになりたくなったときなどは、家族に気兼ねなくゆっくりくつろぎたい。まあ家族といっても、今では妹も嫁《とつ》ぎ、老父母だけなのだが…。

それでも独りになりたいときはある。そんなとき、藤代はマンションを使う。

今では毎日のように使っている。

――オレは親不孝なのかな…

そう思いながら、由紀を抱く右手に力を入れた。

三

藤代はグッと一息に飲み干した。

夏の暑い日は、一度の温度差でビールの売り上げが億単位で変わるという。さもありなん…。

今日のような暑い日は、キンキンに冷えたビールは最高にうまい。

藤代は二杯目をグラスに注いだ。

まだ明るいうちから飲むビールは贅沢《ぜいたく》のきわみである。藤代は常日頃《つねひごろ》からそう思っていた。

仕事が休みだという開放感がある。そして目の前には香田美和の手作りの料理が、所狭《ところせま》しと並んでいた。藤代にとっての至福のひとときである。

「美和も飲むか?」

「うん！」

まだ半分ほど入っているグラスを差し出した。

美和の料理はうまい。手早く、キレイに作る。味も薄味で藤代好みだ。

男と同棲《どうせい》していたせいか、一人暮らしが長かったせいか、あるいはスナックで出す小料理の応用なのか…、とにかくプロ級の腕前である。

美和は世間一般から見れば文字通り、才色兼備《さいしょくけんび》であろう。

——しかし、才の部分が…

藤代が、いつも美和に物足りなさを感じるのは、会話においての話題性、洞察《どうさつ》性、積極性であった。

もちろん、これら全てを兼ね備えた女を望むなんて無理な話だ。いたとしても一握《ひとにぎ》りであろう。

しかし、藤代は数日前、不完全ではあるが才色兼備を見つけた、と思っている。

いつもなら、食事の合間《あいま》も美和の身体を睨《ね》めまわし、胸を触ったり尻を撫《な》でまわしたりして美和をからかう藤代も、今日ばかりは由紀の顔が目の前にちらつき、美和の身体に触れることをためらっていた。

美和にしてみれば、そんなことは露《つゆ》ほども知らないが、いつもの藤代の性癖《せいへき》を知っているので、なんだか物足りなさを感じてしまう。

グラスを置くと、藤代の表情を盗み見た。

藤代はうまそうに箸《はし》を口に運んでいる。いつもと変わらぬ笑顔を浮かべている。美和も笑顔を浮かべて、自分の手前にある大皿を摑んで差し出した。

「ね、これも食べてみて。ちょっと冒険してみたンだ。試作品、スペアリブ! 自分としてはよくできたと思うンだけどね…」

「へーぇ、どれ… ン、うまい! 美味! 美和、天才!」

口いっぱいに肉を頰張《ほおば》り、笑顔で美和に甘えてくる藤代に、美和は何も言えなくなってしまう…。何も訊けなくなってしまう…。

またこの甘えんぼうの藤代が、ひとたびセックスになると人が変わったように激しくたくましくなり、美和を勝手放題、蹂躙《じゅうりん》するのである。

そうなるともう美和は言いなりである。

——この人から私は、一生離れられないのかしら…

最近、漠然とそう考えるようになった美和は、寂《さび》しさと哀《かな》しさを交えた笑みで藤代のわがままと甘えを、精一杯受け止めようとしていた。

食事が終わった。

まだ五時前だ。

これからセックスが始まる。

美和はキレイに平らげられた皿を、運びやすいように重ね、流しへ運んだ。

藤代は痩《や》せた身体にしては、大食漢だ。あれだけの量をペロッと平らげる。美和もその点については、とてもうれしい。かつての同棲相手は食《しょく》が細かった。

藤代は満足そうに爪楊枝《つまようじ》をくわえ、窓の外を眺めていた。

まだ日差しは強い。斜めからの西日は容赦なく藤代の目を射抜く。藤代は目を細めタバコをくわえた。窓を開けると紫煙《しえん》はスーッと吸い込まれてゆく。エアコンの冷気とともに藤代の吐《は》き出す白い煙も渦を巻いて出てゆく。

藤代は、美和の身体と由紀の身体を思い浮かべていた。

——美和はイイ女だ。

しかし、いま興味の対象は明らかに由紀である。由紀とは、数日前褥《しとね》を交わした。しかし別れた直後から、もう逢いたい…。こんな気持ちは高校生のときの恋愛以来である。

藤代は自分がどうにかなってしまったのではないかと思った。

「何考えてるの？」

美和が洗い物を終え、タオルで手を拭きながら顔を覗《のぞ》き込んできた。

「え？　い、いや…」

藤代は慌《あわ》てて由紀の顔を払拭した。

「すまん、仕事のことを考えてた…。それより…、裸になれ」

藤代はタバコを揉《も》み消しながら、威圧《いあつ》するような口調で命令した。

美和はいったん躊躇《ちゅうちょ》したが、藤代に再び目で促《うなが》されて、服を脱ぎ始めた。

蟬の声が遠くで聞こえる。

美和はその声を聞きながら、一糸纏《いっしまと》わぬ裸になった。

それを見てから藤代も裸になった。そしてベッドに横たわった。

「しゃぶって！」

その声に、美和は黙って藤代の股間に顔を近づけた。そして口に含んだ。

藤代は酔っているのか元気がない。美和の口の中には、まるで味噌田楽《みそでんがく》が一切れ入っているようだ。舌と唇でクチュクチュ転がしてみた。反応がない。

美和はいったん田楽《でんがく》を口から出し、今度は睾丸を擦《さす》りながら、亀頭のみを口に含んだ。

「もっと強く吸え」

美和は強く吸った。舌先もせわしなく回転している。右手で男根を支え、左手で睾丸を擦っている。藤代が教えたとおりの、なんのアレンジも工夫もないフェラチオであった。

――ユキ…

藤代は由紀の裸体を想像した。由紀の顔が藤代の股間に埋没《まいぼつ》している光景を想像し、今の美和の裸体にそれを重ね合わせた。

たちまち勃起した。

美和を四つん這いにさせた。挿入した。


「ふー…」

果てたあと、藤代はグッタリと美和の横に倒れこんだ。

もう六時になろうとしているのに、まだ外には日差しがある。

八月も下旬に入った。

蟬《せみ》の声が、今が盛《さか》りといわんばかりに狂ったように叫んでいた。アブラ蟬・ヒグラシの声に混じって、まだミンミン蟬の声が聞こえる。例年ミンミン蟬は七月に鳴きはじめ、八月にはアブラ蟬にその地位を譲る。必死に生きようと、木に追いすがるその姿を想像した。やがて美和の姿とダブった。

——名残《なごり》のミンミン時雨《しぐれ》か…

藤代は由紀の顔を思い浮かべた。傍《かたわら》には美和が、汗に濡れた顔に髪を数本貼《は》り付け、薄目を開けて藤代を見つめている。息が荒い。

藤代は美和を抱き寄せた。が、以前のようには力が入らなかった。

明日から夏期講習の後半が始まる。

藤代は茫漠《ぼうばく》とした荒野を見つめるように、蟬の声が聞こえてくる窓のすりガラスを見つめていた。

四

由紀は自分の部屋の天井を見つめていた。

昨日のことが幻のように思える。

だが、胸や股間には名残があった。由紀はタオルケットを引き寄せ、抱きしめた。

「ああ、ユウさん…」

恋しい…。藤代のことが恋しくてたまらない。一昨日《おととい》までの想いとはレベルが違う。

一日でも早く逢いたい。そしてまた抱かれたい…。およそ中学生が考えるようなことではないことは自分でもわかっている。しかし押さえようがなかった。

昨日の別れ際《ぎわ》に藤代の言ったことば…。由紀は頭の中で反芻《はんすう》した。

——夏期講習・後半の中日の休み、オレの部屋に来るか?

クルマの中で由紀の肩を抱きながら言った藤代の低い声が、由紀の胸に深く刻まれていた。

——休みの日… 二十六日!

あと十一日もある…。夏期講習の後半が始まるのだって一週間もある。

早く逢いたい。藤代に逢いたい。由紀はきつく目を閉じ、タオルケットを抱きしめながら寝返りをうった。

もう昼近くになっていた。由紀はまだパジャマのままだ。部活がない日は、これといってやることがない。二十日までは部活も休みである。

由紀は演劇部に所属していた。

舞台に立つのが好きであった。普段の自分とは違う人物になることができる。そして色々な疑《ぎ》似《じ》体験ができる。部員は少ないがとても楽しい部活であった。

でも、これからは藤代のために、家族に対し友達に対し、演技しつづけなければならない。由紀は嘘をつくのが苦手だ。特に家族に対しては罪悪感がある。でもそんなことは言っていられない。

由紀はベッドから起き上がり、右手にこぶしを握って軽く頷いた。

パジャマのまま机に向かった。

想いを手紙に書こうと思った。藤代のことを想いながらペンを握った。藤代の笑顔が浮かんできた。やさしそうな笑顔であった。

五

夏期講習の後半が始まった。

八月下旬の焼き付けるような日差しは、朝から容赦なく照りつける。厳しい残暑だ。

三年生の授業を終え、教室から出て事務室に向かう途中、藤代は由紀と出会った。

「こんにちは」

お互い、笑顔を交わしただけであった。

――ユキ…

想いはある。だが、今は顔に表すことができない。由紀は大丈夫であろうか。後ろを振り返ってみた。由紀はそのまま教室に消えていった。

――杞憂《きゆう》か…

藤代は苦笑いを浮かべた。事務室に戻りタバコを一本くわえた。

そのまま事務室を出て、塾の裏に回りタバコに火を点けた。

三年生と一、二年生の入れ替えのこの時間は、事務室は生徒達でごったがえしている。タバコは外で吸うべきである。藤代は煙を大きく吸いこんだ。

「ユウさん!」

背後から声がした。由紀である。

「その呼び方は塾ではマズイ…」

藤代はやさしく言った。笑顔で諭した。

「だって…」

「ユキ、二人のとき以外は演技しろ。演劇部だろ?」

「うん! わかってる。はい、これ… 藤代センセ!」

そう言って由紀は、小さなかわいらしい絵がプリントされた封筒を手渡した。

「なに?」

「私の今のキモチ!」

そう言って由紀は走り去っていった。後ろ姿がキラキラ輝いていた。

——しょうがない子だ…。屈託《くったく》がない。恐いものがない。あの無邪気な笑顔のためなら、ひょっとしてオレはヒトだって殺せるんじゃないか?

藤代は、一瞬でもそう思った自分に、すこし恐れを感じた。

手紙を開けてみた。

——ユウさんへ
あなたと会えるあの日を楽しみにしていました。
あの日からのお休みの間、チラリとでも私のこと思い出してくれたら、私の心は幸福感でいっぱいになってしまうでしょう。

ユウさんと会えない日はなぜかとてもつまらないのです。

友達と遊んでいるときはそれなりに楽しんでいましたが、寝る前にあなたのことを考えて、私の胸はとてもとてもしめつけられるような感じにたえられなくなってしまいます。

☆　☆

さて、ここでいつもの私に戻りますね♥

前に話したよね？　女が「抱かれたい…」と思うときは寝る前だって。

このユウさんに会えなかった日々、そのことを実感しちゃった。

ユウさんの胸・腕のぬくもりを思い出して、夜ごと「そのぬくもりがない」と感じると心にぽっかり空洞になったような感覚をおぼえるの。

こんな体にたった1日でしちゃうなんて…ユウさんのバカ…。この責任、しっかりとってね！

ところで、このお盆休みの後半、ユウさん、大勢の仲間たちと旅行するって言ってたけど、その仲間の人達と「浮気」した？　女性もいるって言っていたよね。ユウさんは浮気はしないって言ってたけど、ね。

別に浮気してもいいんだけど、私には見つからないようにやってね、お願い！…たぶんユウさんの前ではそんなに変わらないと思うけど、しっとしない、と断言できないから、私。

ユウさん、「おれにどうしてほしい？」って聞いたよね。ゆっくり話す時間はないと思うから、書いておきます…　私は、のぞむことは3つ。

1つめは「愛してくれること」。2つめは「今までどおり塾ではしっかり勉強を教えてくれて、オール5とれるようじゃなくてもいいけど実力つけさせてもらうこと」。そして3つめは「浮気は私にかくしとおす。くれぐれも私を〈浮気相手〉にしないこと」。

ユウさんと私はとても歳が離れている。…でも私、そんなこと全然気にしてない。だって、好きだから…。ユウさんにほれられてる間に、もっとイイ女になってみせるよ!!　覚悟しておいてね！

でね、二十六日、だいじょうぶだよね。

ユウさんの部屋に行きます。

由紀

藤代は困ったように苦笑した。

副詞の使い方、助詞の使い方、主語・述語の対応などができていない。稚拙《ちせつ》な文章でもある。中二だから仕方がないといえばそれまでだが、藤代は添削《てんさく》してやりたい衝動《しょうどう》にかられた。

たとえば、「とてもとても」という副詞の後は、形容詞か形容動詞が必要であろう。どのように胸が締め付けられるのかを書くべきである。「心にぽっかり空洞に」は、助詞が違う。「心がぽっかり」に変えるべきである。「だって、好きだから…」の部分にしても、理由の説明にしては弱すぎる…。そこまで考え、藤代は我に返った。

——ナニやってンだ、オレは！

塾講師の性《さが》か。スグ添削しようとする嫌な癖《くせ》…。

由紀は一生懸命書いているのだ。これは作文のテストではない！　由紀の想いの丈《たけ》なのだ。彼女の心情はストレートに伝わってくる。百五十キロを超す直球のようだ。むしろ、どんな文豪の書いた叙情《じょじょう》詩よりも藤代の心を揺り動かしている。

藤代はその手紙を丁寧《ていねい》にたたんで胸ポケットにしまった。

「私を〈浮気相手〉にしないこと」か…。藤代は胸が痛んだ。美和と逢うために、由紀とは逢えなかったのだ。その口実の旅行話を、由紀は信じている。

美和の顔が浮かんだ。美和の哀しそうな顔が見える。由紀には藤代の影に女の姿が見えるのか？　…まさか…。

それにしても…。

——愛せよ・勉強を教えよ・浮気を隠せ…か。

浮気をしてもよい、という記述が理解できなかった。いくら自分にはわからないように、とは言っても、浮気を許可するラブレターがあるものなのか？

由紀があの日、湖のほとりで真剣に応えようとしていたのは、未知の冒険に対する決意なのだと思っていた。しかし由紀は今藤代を、自分自身が大人へ成長するための糧《かて》にしようとしているのか…？

やや寂寞感《せきばくかん》があった。「自分への糧」と「愛」とを錯覚《さっかく》しているのだろうか…？

——いや、深くは考えまい。それはドウでもいいことだ。由紀とは、いずれ別れなければならない…。歳が違いすぎる。

藤代はタバコの煙を大きく吸い込むと、僅かに迫りくる夕闇に向かって、一気に吐き出した。

——由紀を育てよう！　オレ好みの女に…　光源氏が紫《むらさき》の上《うえ》を育てたように！　この十三の子を、完璧な女に仕立て上げてみよう。

——よし、オレにとって最高の女にしてやる！

藤代は由紀のクラスの授業に向かって歩きはじめた。アブラゼミが頭上で、やかましくがなりたてていた。藤代は気にもとめず、早足に立ち去った。

六

由紀はそのマンションの前で立ち止まった。

赤レンガタイル張《ば》りの瀟洒《しょうしゃ》な建物であった。四階建ての、さほど大きくないマンションであった。入り口の脇に大きな駐輪場がある。二十台以上の自転車が無造作に置かれていた。入り口はレンガタイルの階段が二段ほどあって、ガラスの押戸《おしど》が観音開《かんのんびら》きになっていた。入り口左サイドの壁にはマンション名が刻まれている。フランス語のような名前であった。由紀は自分の姿が場違いのような気がした。

体操服姿であった。部活の帰りである。胸には大きく、2C—桜井、と書いてある。約束の時間が二時であったので、午前の部活を終えて急いで家に帰れば着替えてこられると思ったのだ。しかし、部活が予定外に長引いた。家に帰ったのでは間に合わない。藤代は時間に厳しい。だからそのままの格好で来た。

由紀は素早く入り口に入った。

——109号室

胸がときめいた。

チャイムを押した。

ややあってドアが開いた。

藤代が微笑んで立っている。淡《あわ》いブルーのバスローブを着ていた。

藤代は開けたドアを押さえながら、由紀に早く入るよう小首を傾けて合図した。

ドアを閉め、鍵をかけた。

「ユキ、逢いたかった…」

藤代の第一声であった。

「私も！　ユウさん！」

二人は玄関で抱き合った。そしてキスをした。

「体操服か…　部活の帰りか？」

「うん…　部活、長引いちゃって……　ここに入るとき、ドキドキだった」

「そうか、でも、その姿もかわいいぞ。ま、入れ」

促《うなが》されて由紀は藤代の後に続いた。

玄関のすぐ脇にユニットバス。その裏が小さなキッチン。そして奥がワンルームの居住空間になっていた。六、七畳くらいであろうか、窓の脇にセミダブルのベッドが置いてあり、あとはドレッサー、小さなソファー、それにテレビ、オーディオくらいしか置いてなかった。

まさに寝に帰るだけの部屋。生活臭が感じられなかった。ホテルの一室のようである。

――ここがユウさんの部屋！

エアコンで空調されていて、冷やりとした空気が心地好かった。

「さ、いつまでも眺めていないで、そこに座れ」

小さなソファーに座った。藤代は相対《あいたい》してベッドに腰掛けた。

「なんか飲むか？」

「うん、何があるの？」

「えっと…　コーヒー、麦茶、オレンジジュース…」

「オレンジジュース！」

藤代は立ち上がり、キッチンへ向かった。テレビが点いていて、半年ほど前のドラマの再放送が流れていた。

「きゃッ」

何気《なにげ》なくそのドラマを見ていた由紀が突然悲鳴をあげた。藤代が冷えた紙パックジュースを、由紀の首筋につけたのである。

「もーッ、最低！」

由紀は怒ってみせたが、とても嬉しかった。藤代と戯《たわむ》れるのは楽しい。もう他人ではないという実感が湧《わ》く。

「最近の中学は、ブルマじゃないんだな」

藤代はニヤついて言った。微笑みよりもニヤつきの顔である。

「もう！　ユウさんのエッチ！　最近はみんな短パンだよ。もう何年も前にブルマは廃止になったんだって。ユウさんみたいな大人が多いからじゃないの？」

由紀はちょっと意地悪そうな顔をしてから、イーッ、と声を出した。

「オレは変質者か?」

「だって、犯罪者でショ?」

ストローを紙パックに刺しながら、由紀はクスッと笑った。

「なんだと?　ゆるさん!　…殺してやる!　眼で…」

由紀はジュースを噴きだしそうになった。

「私はユウさんに眼で殺されちゃうんだ!　うれしい!　殺して殺して!」

由紀のおどけた様子を見て、藤代はベッドに横になった。

「ユキ、脱げ。ユキのストリップを見たい」

「えーッ、いま?」

「そうだ。羞恥心は捨てろって言ったろ?」

由紀はゆっくり立ち上がった。しかしまだ躊躇《ちゅうちょ》している。窓には白いレースのカーテンがかかっていた。採光《さいこう》としては充分すぎる明るさだ。恥ずかしさがあった。

「はやく!」

静かだが威圧《いあつ》するような口調である。由紀は脱ぎはじめた。

白いシャツを脱ぐとグレーのスポーツブラであった。そしてゆっくりと紺の短パンを脱いだ。

ブラと揃《そろ》いのグレーのショーツであった。脱いだ物を丁寧《ていねい》に畳んでいる。由紀の性格がうかがえた。

「全部取るんだ」

由紀はうつむいたまま動かない。藤代はベッドから立ち上がった。由紀のもとに来ると、右手で由紀の後頭部をおさえ自分の胸に引き寄せた。そして耳元で囁《ささや》くように言った。

「ユキ、今日はネ、ユキを思いっきりはずかしい格好にしてやる。今日からオレの奴隷になるんだ。言うなれば恋の奴隷だ。ベッドの上ではね、オレの言うことをなんでも聞かなくてはならないんだ。わかったか？」

ややあって、由紀は頷いた。

「よし、いい子だ」

藤代は由紀の両手を上に上げさせると、スポーツブラを一気に取り去った。そしてそのままショーツに両手をかけると、スッと足元まで一気に下ろした。

由紀は目を閉じている。藤代は由紀の両腕もすべて包み込んで抱きしめた。そしてキスをした。舌を差し入れた。由紀はそれを吸った。

「シャワーを浴びに行こう。おいで」

藤代は由紀の手を取り、浴室に向かった。

ユニットバスのタブに由紀を入れ、藤代はその脇で腕まくりした。

「オレが洗ってやろう」

シャワーを握り、湯を出した。適温になるまで左手に湯を当てている。由紀はそれを見つめているだけだった。

適温になるとシャワーを全身にかけた。やがて取っ手をフックにかけると、そばにあった石鹸《せっけん》を取り、泡立ててから由紀の身体に塗りはじめた。

ヌルッとした手の感触が由紀の全身を包む。乳房、脇、へそ、そして茂み…。

やがて性器の中に二本の指を入れられた。ツルンと入った。二、三回出し入れされ、やがて掻きまわされた。

「ユキ、すごい…。ヌルヌルだぞ」

藤代はしゃがんで掻き回しながら、由紀の顔を見上げた。由紀は哀願するような顔で藤代を見つめた。

「い、いや…、やめて…、立ってられない…」

由紀の膝がガクガクしている。ガニ股になった格好は卑猥《ひわい》だ。由紀の両手は、藤代の肩をしっかりと摑んでいた。

藤代は再びシャワーを摑み、由紀の全身にそれを浴びせた。丁寧《ていねい》に丁寧に洗った。

やがてシャワーを止め、藤代はバスタオルを持ってきた。

「拭いたら、ベッドに来いよ」

そう言うと軽くキスをして、藤代は立ち去った。


バスタオルを身体に巻いて由紀はベッドに向かった。

「ユキ、オレは羞恥心を捨てろ、と言ったはずだ。それを取れ。すべてをオレにさらけ出せ…」

言われて由紀はタオルを取った。

「これから、この部屋に来たときは、いつもそのようにマッパになれ。いいな」

諭すような口調であった。由紀は頷いた。

「よし、こっちにおいで」

藤代はベッド上で横になって由紀をいざなった。

由紀は抱きついた。そして絡みついた。

キスをした。猛烈な勢いで藤代の舌を吸った。歯と歯があたるほど激しいキスだ。舌と舌が絡み合う。由紀は藤代の中に舌を入れた。藤代も強く吸った。舌が引きちぎられるほど強い吸引力だ。

ややあって、藤代は顔を離した。

「口を開けろ、ユキ。オレの唾液を飲むんだ…。舌を出せ」

由紀は言われたとおり口を開け、舌を出した。その先端部分から液体が注ぎ込まれた。ツツッとつたって咽喉《いんこう》に藤代の唾液が届く。由紀は喉を鳴らして飲み込んだ。

「もっと…、欲しい…」

藤代は言われたとおり、再び唾液を注ぎ込んだ。

舌は首筋に移った。由紀の顎《あご》を舐め、左の耳たぶを吸った。そして耳の穴に舌を入れてくる。

「あッ…」

由紀は思わず声を出した。後頭部から鼻孔《びこう》にかけて、ジーンと痺《しび》れるような快感が走る。由紀は眉根《まゆね》を寄せてきつく目を閉じた。

今度は乳房を吸いはじめた。右の乳首を吸っている。最初はやさしく…そして段々と強く吸う。やがて前歯であま噛みを始めた。鼻孔の裏側をくすぐられるような、不思議な感覚である。由紀は右手を藤代の後頭部に回し、引き寄せた。

「ああ…、ユウさん…　もっと、吸って…」

由紀はかなり大胆になっていた。藤代にはすでにすべてを見られているという安心感がある。それに信頼感もある。恥ずかしいと思ってはいけない、とも教育されていた。身も心も藤代に預けることにした。その結果、大胆になれたのであろう。

藤代の舌は左の乳房に移っている。周りを舐めてから乳首を吸った。左手も休みなく右の乳房を揉んでいる。右手は乳房を絞るように強く握り、乳輪を浮き出させる。そして僅かに浮いた乳首を吸い、あま噛みする。

由紀はあまりの心地好さに、薄目を開け陶酔《とうすい》した。

舌はヘソに移った。周りの肌を犬のように舐めてから、穴に舌を入れる。舌先で掻きまわしている感覚が奇妙な感じだ。

「ユキ、脚を開け」

まだ恥ずかしさはある。しかし由紀は、それを払いのけるように脚を大きく開いた。

濡れているのが自分でもわかる。キスからの前戯だけでも、とろけそうになっている。おそらく尋常《じんじょう》な濡れ方ではないだろう。

「すごいぞ、ユキ…。下のシーツまで垂れている…」

藤代は何もしない。ただ見ているだけだ。由紀は恥ずかしさに耐えた。自然に性器がヒクついてしまう。見られている… それもじっくりと…。

「ユキ、どうしてほしいか、言え」

「……」

「言え！ 言うんだ。言わなければ、何もしてやらない…」

「な、舐めて…」

蚊《か》の鳴くような声であった。

「もっと大きな声で！ それから、ください、をつけろ！」

「舐めて… ください…」

やや叫びに近い声で言った。

「よし」

そう言うと藤代は、由紀の亀裂に沿うように舌先で舐め上げた。

「あッ…」

身体がピクッと反応してしまう。

にわかに、藤代は両の太腿を抱え、膣と小陰唇を一気に吸いこんだ。

「あーッ！」

思わず声が出てしまう。

藤代は今膣の中に舌を入れて掻きまわしている。その感覚に目が潤《うる》む。

「イイ…　ユウさん…　いい…感じる…」

小陰唇が吸われている。舌先が陰核に触れる。長い時間それが続いた。

やがて顔を離すと、今度は右手の親指で陰核の包皮をむいた。

陰核が露出する。由紀は期待感でまたヒクついてしまう。

「吸ってください、と言え」

藤代が意地悪そうに言った。

由紀は頭の中が白くなりかけていた。

「吸ってください！　いっぱい吸って！　めちゃくちゃにしてください！」

理性を飛ばすように、大声で叫んだ。

藤代は勢いよく陰核を吸った。チューーッと音がする。

「あーッ…」

頭の中が真っ白になった。性器から脳天にかけて、快感が突き抜ける。思わず身体をよじってしまう。しかし、すぐに藤代の強い力でもとの体勢にもどされた。

今度は陰核をあま噛みされた。そして藤代は、左右に顔を振っている。陰核は歯と歯の間で滑っている。同時に舌先が陰核先端を舐めまわしている。

由紀は初体験のときの、あの絶頂感がまた来ることを予感した。

藤代は執拗《しつよう》にその行為を続けている。

——来た！

下腹部のあたりが、えぐられるような不思議な快感…。

だんだんと近づいてくる… くる、クルッ！

「あッ、ユウさん、イ、イクよ…」

それだけ言うと由紀は絶叫した。

藤代は変わらず吸いつづけている。

由紀は痙攣を繰り返した。二回… 三回、大きく身体を震わせた。

藤代の愛撫が、膣・小陰唇・陰核全てを包むような、大きな愛撫に変わった。

由紀はまだピクついていた…。

「ユキ、今度はうつ伏せになれ」

言われて由紀は身体を反転させた。

藤代は尻を左右の手で鷲《わし》づかみにし、大きく拡げた。

「あッ…」

恥ずかしい… 肛門が丸見えである。

藤代は肛門に舌を差し入れた。

「くッ…」

変な感じである。気持ちがいいのか悪いのかわからない…。

やがて藤代は穴自体を吸いこんだ。そして舌先でときどき舐めまわす。やがて由紀に後頭部を刺激するような…、鼻孔《びこう》に抜けるような、感覚が現れた。

藤代は執拗に舐めている。吸う音と舐める音が部屋に響いた。

ややあってから指が入ってきた。はじめはちょっと痛かったが、やがて痛みはなくなった。だが、変な感じである。指が、尻の中でほかの生物のように動く…。

「どうだ? 感想は…」

「ン… なんか変な感じ…」

「OK…、今後は、アナルも開発しよう」

そう言うと藤代は指を抜いた。ティッシュで右人差し指をくるむと、今までの命令口調から、今度はやさしく由紀に声をかけた。

「今度はユキが舐めてくれ」

「はい！」

由紀はそう言うと上半身を起こした。

藤代は膝立ちになり、バスローブの帯を解いて裸になった。

男根が屹立していた。先端からはカウパー腺液が溢れていた。

由紀はそれを口に含んだ。そして液を飲んだ。もっとのみたい…。

根元から搾《しぼ》るように右手で強く擦《さす》った。すると汁が溢れ出た。あわてて吸いこみながら、再び男根を口に含んだ。

「おいしいか？」

藤代が目を細めながら訊いた。

「うん、とってもおいしい！」

右手で摩りながら、顔を上下に動かす。左手は睾丸を摩る。ときどき大きく喉《のど》の奥まで男根を飲み込んでみた。ウッと吐くような感覚が込みあげる。しかし、喉の奥を丸めて、半分のんだような状態にすれば、それがなくなるのがわかってきた。

うんと奥まで入れてみた。

喉の奥で、ググッという音がするような感じだ。

根元まで入った！　でも、とても苦しい…　再び亀頭部に戻った。

「ユキ！　すごいぞ。ディープスロートじゃないか！　いままでオレのを根元までのみ込んだ女はいなかった…　ユキが初めてだ！　すごく上手《うま》くなっている…。すごいぞ、ユキ！」

由紀は嬉しくなった。うちでバナナを使って練習した甲斐《かい》があった！

「本当？　もっと上手くなりたい！　ユウさんのために…。もっともっと色々なこと教えて！」

「よし、わかった！　オレ好みの女に調教してやる！　ベッドの上ではオレの奴隷になるんだ。おもちゃになるんだ。オレの命令は絶対だ。わかったか？」

「うん」

「うん、ではない…　はい、だ！」

「はい！」

「よし！　では、脚を開け！　挿入する！」

「はい！」

由紀は大きく脚を拡げた。性器がぱっくりと口を開けたのがわかる。

藤代は怒張した男根をあてがった。

亀頭部を挿入した。由紀は仰《の》け反《ぞ》った。しかしこのあと、さらに大きな、そして苦しいような快感が走る……。

「じゃあ、いくぞ…」

「はい…、来て…ください…」

藤代は根元まで、ゆっくりと挿入した。そして子宮に到達するときは、ググッという感じで突き上げられた。

「ンはーッ…」

由紀は顔を歪め、苦痛のような快感に大きな声を出した。

藤代が由紀に抱きつき、唇を重ねた。由紀はその唇を吸い、舌を吸った。

「頂戴…」

由紀は藤代の唾液を欲した。口を開けて、舌を出した。

藤代は微笑むと、上から唾液を垂らした。トロッと垂れた白い唾液が由紀の舌をつたって咽喉《いんこう》奥に届いた。味わって飲み込んだ。

なぜかとても嬉しい。充実感がある。恍惚《こうこつ》感がある。そして安心感があった。藤代と一つになったという実感からくるのか…。

藤代はゆっくりと上下に動いた。由紀はとろけそうになっていた。目はうつろ、口は半開き。もう藤代にすべてを預けていた。

藤代は左右の乳房を交互に吸いながら、ゆっくり動いている。と、次の瞬間、藤代は膝を立て、両手で由紀の両腕を摑んだ。そのまま身体を後ろに倒して、由紀の身体を引き寄せた。由紀は反動で起き上がり、騎乗位《きじょうい》の体勢になった。

藤代は乳房を鷲《わし》づかみにして、腰を浮かせて挿入を深くした。

「あうッ！」

さらに深く挿入されたので、子宮にグリグリあたる。由紀は髪を振り乱した。

「ユキ、性器をこすりつけるように腰をグラインドさせろ」

「はい…」

顔を歪めながら答えた。グリグリ感が激しくなる。

「う…う…ぅ…」

性器が壊れてしまうのではないか、と思うほどグチャグチャに掻き回されている。すると藤代代は、右親指で由紀の陰核部をこすりはじめた。

「あう…ぅ…」

また別の快感が来る。

藤代の左手は由紀の右乳房をしっかり握っていた。

この状態が、再び由紀を絶頂の世界にいざなった。

「あ…、い、いきそう…」

「よし…、いけ!」

そう言うと藤代は動きを速めた。しばらくすると、今度は子宮のあたりから脳天に向かって、突き抜けるような大きな快感の波が押し寄せてきた。

「い、いく――ッ…」

由紀は、再び大きく仰《の》け反《ぞ》って身体を痙攣させた。


由紀が藤代の腕枕の中にいる。グッタリした身体を藤代に預けるように、手足を絡めている。息も絶え絶えである。

藤代は大事なものを包むように、左手で由紀の左肩を抱き寄せ、右手でさらに覆《おお》った。

――この子は本当に中二なのだろうか…

信じられないほどの反応である。藤代を相手に、どんな要求にも応えている。これほどシックリいくセックスパートナーは、かつていなかった。十二日前の初体験以来、二回目のセックスで、これほどまでに上達するものなのだろうか。

もう五時に近かった。三時間近く絡み合っていたことになる。その間、由紀は何回となく頂点に達していた。すばらしい性反応である。男を狂わせる…。しかし今では膣口付近が腫《は》れていた。大きな血豆ができたように紫色に腫れている。ちょっとやりすぎた感がある。今日はもう挿入は無理であろう…。

今、由紀は藤代の腕の中にいる。

もうスポーツブラでは間に合わないほどの膨らみをもつ乳房。腹部は、まだ若干の膨らみはあるものの、ギターのボディのようにくびれたウエスト。まだ薄いが、ほとんど生え揃っている陰毛。ふっくらと肉付きのいい大陰唇。新鮮なコンニャクの食感のような小陰唇。包皮にしっかりと守られた米粒ほどの大きさの陰核。張りのあるむっちりとした太腿。丸くて大きな弾力のある尻…。そしてその尻は、全体的に表面が皮膚割れしていた。おそらく小学生の高学年くらいのときに、急速に成長したため、妊娠腺《にんしんせん》のように亀裂が入ったものであろう。その尻は摑むと、まるでゴム鞠《まり》のような弾力感である。後背位のときは、それがはじけるように揺れ、とても艶《なま》めかしい…。

藤代は目を閉じた。男根が再び屹立《きつりつ》しはじめた。藤代はまだ、果ててはいなかった。

「ユキ、…オレの精子…、飲むか?」

「うん! 飲みたい!」

即答であった。

藤代は屹立しかけた男根に由紀をいざなった。由紀はそれを口に含んだ。たちまちに硬くなった。

「ユキ、精液はな、とても栄養があるんだ。これを飲むと、女は美しくなるぞ」

「本当? じゃあ、いっぱい飲む! いっぱい出して!」

由紀はそう言うと、男根を搾《しぼ》るように強く吸った。

藤代は快感に酔いながら、うわごとのように説明を続けた。

「精液にはな、ビタミンE、グルコース、クエン酸、タンパク質、そして亜鉛《あえん》が含まれているんだ。とくにな、亜鉛が不足すると、味覚障害や性欲の減退などがおこるらしい。だから、いっぱいのめ!」

「はい！」

由紀は激しく顔を上下に動かしている。眉根《まゆね》を寄せ、真剣な顔付きだ。健気《けなげ》だ。

「ユキ、フェラには三つあってな…、一つは前戯のフェラ。二つ目は勃起させるためのフェラ。三つ目は、いかせるフェラだ。このフェラは単純作業でいいんだ。速く擦《さす》っていればすぐにいってしまう。手で擦ってもいいんだぞ…」

「ン…」

口に含んだまま、由紀は答えた。

由紀の手と顔が、激しく上下に動いている。ややあって藤代に高揚が来た。

「あ…、ユキ、出るぞ！　うぅ…、出る…」

藤代は放出した。身体に震えがくるほどの快感であった。藤代は二、三回痙攣した。

由紀はまだ口から男根を離さないでいた。男根は萎《しぼ》みはじめている。由紀はまだ舌先で転がしていた。

「ユキ、よせ…。だめだ…。イッた後は非常に敏感になっている。もう刺激を与えるな。口から離せ…」

言われて由紀は口から離した。口の中に精液を溜《た》めている。目は藤代を凝視《ぎょうし》していた。

喉を鳴らして飲み込んだ。舌鼓《したつづみ》を打って味を確認している。

「どうだった?」

「おいしかった！　いっぱい飲んじゃった！」

余韻を楽しむように舌なめずりをしている。

「そうか…、どんな味だった?」

「うーん…　ひとことで言うと、すっぱい…かな。で…、ちょっと苦かった。でも、おいしかったよ。ごちそうさまでした！」

そう言うと由紀は抱きついてきた。

藤代は笑いながら、萎《しぼ》んだ男根に残っている精液を搾《しぼ》り出した。亀頭の先端に雫《しずく》が出た。ティッシュでそれを拭こうとしたとき、由紀はパクッと口に含んだ。そして吸った。

「ティッシュで拭くなんてもったいないよ。私が全部飲む！」

第5章　メタモルフォーゼ

一

木の葉が舞っていた。

今日はひときわ風が強い。節分が過ぎたこの時期は、寒さもひとしおである。

藤代裕一郎はグレーのトレンチコートの襟《えり》を立てた。塾に向かって歩いていた。

昼下がり。一日のうち、最も気温の上がるこの時間帯でさえ、耳が切れるような寒さである。立ち止まり、耳を押さえた。

受験シーズン真っ只中であった。

塾はこの時期、最も忙しい。

一月下旬から都内私立の推薦入試が始まり、二月下旬の公立の試験までが受験指導。それに並行して、三月からは新入塾生の募集。それに伴うチラシ・ＤＭの作成…　やるべきことが目白押《めじろお》しである。

——由紀も、今年は三年生。受験生か…

藤代は由紀を本気で愛していた。由紀もそれに応えてくれている。ベッドの上では、完全に藤代の性奴《せいど》と化し、塾内では優等生を演じている。学校の成績もグングン上がり、明るくて社交的だ。藤代のために「名演技」をしていた。

二人が逢う場所は藤代のマンション。周期は月三回程度。だからこそ、逢うときはいつも新鮮だ。お互い、むさぼるように愛し合う。由紀もその周期に慣れたようだった。

もう十四歳になっていた。今年は十五になる。

乳房もすこし大きくなり、ウエストもいっそう引き締まってきた。髪もかなり伸び、女らしさに花を添えている。

考え方も他の同級生とは違っていた。もう大人の考えに近かった。成績を上げるための学校の先生との駆け引きや、中間・期末の点数の取り方、出題傾向の予想など…、客観性、洞察《どうさつ》性に優れていた。

すべて藤代が寝物語に教えていた。

由紀にとっては藤代の腕枕が勉強机であり、藤代の部屋が教室であった。由紀には藤代が、すべてにおいての「先生」であった。藤代の命令は、無条件に従った。

由紀がかわいかった。しかし…

藤代は優柔不断である。まだ美和とも続いていた。

美和のもとに行くと、心が休まった。癒される。心が穏やかになれた。

由紀といるときは、心が攻撃的になる。教え、諭し、指導する。精神的には、仕事の延長線上にあるような状態であった。

もうすぐ三年になろうとしている美和との関係も、由紀が間に入ると新鮮に感じるものである。由紀を抱いたあと、美和の身体を抱くと、また一味違ったシットリ感があった。

二人の間で、藤代の心は悪魔になっていた。二人を玩《もてあそ》んでいた。


塾に着いた。

藤代は電気を点け、エアコンのスイッチを入れた。窓を開け、空気を入れ替えた。まだコートは着たままだ。部屋が暖まるまでは脱げない。

窓の外の街路樹は、枯れ枝のように葉を落としていて寒そうだ。早く暖かな陽光を浴びて光合成をしなければ、本当に死んでしまいそうな姿であった。

ややあって暖房が作動《さどう》しはじめた。

藤代はコートを脱いで、タバコをくわえた。

そのとき扉が開いて、男が一人、入ってきた。

「藤代先生、お久しぶりです！」

「おう、来たか！　まぁ座って！」

藤代は、その男を事務机の椅子に掛けさせた。

亥銀文也《いぎんふみや》。

藤代の高校の後輩であり、以前勤めていた進学塾での後輩でもある。

精悍《せいかん》な顔つきであった。

彫《ほ》りが深く、色が浅黒い。中近東系の顔つきである。左耳たぶにピアスが施《ほどこ》されている。モテるタイプであろう。今年三十になる。

藤代は亥銀に、時間講師を要請していた。以前の塾ではかなりの人気である。面倒見も良く、会話もおもしろい。生徒からの支持は、絶大であった。

「藤代先生のお願いじゃあ、断れませんよ」

「そうか！　じゃ、来てくれるのか！」

二人はガッチリと握手をした。

「でも…、電話でも話したように、ペイのほうはあまり満足を与えられるようなものではないが、…」

「ナニ言ってるんスか！　そんなもののために来るンではないですって！」

「そうか… ありがとう！　いやー、ギンちゃんが来てくれるんなら、千人力だ！　この塾も発展するゾ！　ありがとう！」

「そうっスか？　照れますネ」

藤代は机の中から時間割を取り出し、システムについて具体的に説明を始めた。

亥銀は大学時代に、ある劇団に入った。そこで舞台に立つおもしろさを知り、演劇の世界に没頭《ぼっとう》した。大学を卒業しても、演劇の世界から抜け出せず、今ではその劇団の幹部である。その公演だけでは生活ができないので、塾の講師のアルバイトをしていた。だから以前藤代がいた塾でも、専任講師にはならずに時間講師として勤務していた。現在もその塾に勤務している。

大衆の面前でパフォーマンスを演じるのが本職の亥銀であるから、その授業のおもしろさは別格である。以前の塾でも、すぐに生徒達の心を摑んだ。藤代よりも人気があったかもしれない。

藤代は亥銀に対し、おおいに期待していた。

「では、三月から頼むゾ！」

「はい、がんばります！」

「むこうの塾との掛け持ち、タイヘンだろうけど、頼むな！」

亥銀は笑顔を浮かべ、出て行った。

風は相変わらず強い。美和と由紀とのはざまで、悪魔に変貌《へんぼう》した藤代に対し、まるで魔王が祝福しているかのような錯覚を覚えた。夕闇が迫ってきた。

二

梅の花がほころんでいる。

三月に入り、陽光もやっと柔らかさを取り戻したようだ。

受験が終わった。とりあえず、そこそこの実績も残せた。私立難関校と公立トップ校は出なかったが、中堅校は全員合格した。まずまずであった。

藤代はこの時期、生徒獲得に動かなければならなかった。新入塾生募集は、塾にとって最も重要な仕事だ。この時期に、ほぼ一年の大勢が決まってしまう。連日、チラシ作りやＤＭ作成に余念《よねん》がなかった。

藤代が塾で事務員と雑務をこなしていると、亥銀が入ってきた。

「ちわッす！　…お！　ＤＭですか？　手伝いましょうか！」

「ああ、ありがとう。頼むよ…」

三人で作業をしていると、真田《さなだ》が出勤してきた。

「あれッ、ナニやってるンですか？」

「見りゃあ、わかるだろ！　ＤＭだ。オマエも手伝え！」

「はあ…」

言われて真田も参加した。

「あ、亥銀さん！　こんにちは…。お久しぶりです」

「おお、真田！　久しぶり！　元気だったか？　オマエ、相変わらずバカだな」

真田は亥銀の教え子でもある。もちろん伊達《だて》も我妻《あがつま》もそうである。

「藤代先生から聞いたよ。オマエも塾講、やってるンだってな！　オマエが人気講師だっていうから笑っちゃったよ！」

「え、そうですか？　それは失礼だな。オレ、今にこの塾、乗っ取りますよ！」

「オマエ、オレを前にして、よくそんなこと言えるな！」

藤代が口をはさんだ。

笑いの渦の中、扉を開けて由紀が入ってきた。藤代は一瞬戸惑った。

「教室…、空いていますか？」

「えッ、ああ、空いているよ。A教室を使って！」

由紀は藤代に言われて、事務室を出た。

「今の…　生徒ですか？　何年生？」

「こんど中三…。ウチのドル箱だ。あの子には超難関校を狙わせたい。学習意欲が旺盛でね…、授業前に勉強したり、塾がない日でもここに来て勉強している。成績もグングン伸びているぞ！」

「へーぇ、それは楽しみですね…。ケッコウかわいい子ですよね」

「なに、ギンちゃん、タイプ？」

「なに言ってンですか！　違いますよ！　率直《そっちょく》にかわいいって言っただけですよ！」

普通の何気《なにげ》ない会話だが、藤代は脳裏に何か違和感を感じた。

授業が始まった。

亥銀のデビューだ。

早速、隣の教室内から笑い声が聞こえてくる。亥銀の巧みな話術が想像できた。生徒達の反響に満足した。

藤代は由紀のクラスの授業をしていた。由紀は変わらず藤代に熱い視線を送り、熱心に授業を受けている。不安は…、ない。

――うまくいくさ、今年は！

由紀を公立トップ校に入れよう…　そう思っていた。そのために亥銀を呼んだのだ。理数に力を入れたい。由紀は理数が弱かった。

今は英語を黙々と学習している。かなりの集中力だ。藤代が指示したページをやり終えると、すぐに次のページに進む。机間巡視《きかんじゅんし》のときに添削《てんさく》すると、間違えた箇所に対しては本当に口惜《くや》しそうにしている。下唇を噛み締めるその姿がかわいらしかった。藤代がわざと無視するように通り過ぎると、横目で藤代を追うのが、上から見て取れた。

時折、隣の教室から聞こえる爆笑の声…。亥銀のパフォーマンスだ。

「先生！　隣、新しい先生？」

生徒の一人、市村愛弥《いちむらあや》が質問した。由紀の友達である。

「そうだ。オレの高校の後輩だ。名前は亥銀文也という。オレはギンちゃんと呼んでいる。オマエ達の数学も担当するぞ。楽しみにしてな！」

興味と期待のどよめきが沸いた。

由紀はあらかじめ知っていたので、微笑んだだけであった。

三

由紀は藤代に包まれていた。

お互いに裸で素肌を重ねる…。セックスのあとのこのひとときは由紀にとって至福の瞬間でもある。

もう二人の関係も七ヵ月になろうとしていた。

三月も中旬を過ぎると、暖房なしでも室温はかなり高くなる。ましてや運動のあとである。けだるさにはぴったりの温度であった。

由紀にとって藤代は、なくてはならない存在になっていた。いつも逢える日を指折《ゆびお》り数える。

今日が、まさにその日であった。今日が過ぎると、また十日ほど逢えない…　塾では会えるけど、やっぱり素肌が恋しい…。

由紀は藤代の首筋に軽くキスをした。藤代も由紀のおでこに軽いキスを返した。

「ギンちゃんは、どうだ？」

左の二の腕に由紀の頭を乗せ、藤代は尋ねた。

「うん！　素敵！　カッコいいし、授業も楽しいし、男子からも人気があるよ。もしユウさんがいなかったら、私、好きになっちゃったかも！」

「なんだと！」

藤代が右手で軽く首を絞めた。

「うぅ…、クドゥシィ…　ジョウダン…でふ…」

最近由紀は藤代をからかうのが好きになっている。

——だって、かわいいンだもん！　ユウさんッて。

親しくなると、藤代をカッコいいとは思わなくなってきていた。もちろんスーツなどを着てキメているときはカッコいいとは思うが、気取っていないときなどは、むしろかわいい、と思うようになってきた。年齢差からすると、おかしな発想だが、実際二人でいるときは冗談も言うし、おどけた仕草も多い…　由紀は思わず抱きしめたくなるのである。

由紀が遅くまでいられる日などは、ときどき料理も作ってくれるし、出前を取るときもあった。パジャマ姿でそれを一緒に食べるときなどは、由紀は笑いっぱなしである。由紀の前でお酒を飲んで酔っ払うし、仕事のグチも聞かせてくれる。酔っ払った藤代は、とてもかわいかった。無防備にそんな姿を見せる藤代は、由紀を本当にカノジョと認めてくれているようであり、とても嬉しかった。

しかし、マンションを出て独りで歩く帰り道、夜寝るとき、朝起きたとき、藤代のことをとても恋しく思う。不安になる。全てが夢なんじゃないかと考えてしまう。大人の藤代が、本当に由紀を恋人と認めているのか…。

由紀は藤代の脇に顔をうずめた。

「さて、受験生のユキ！　志望校は決まったか？」

おもむろに藤代が尋ねた。

「うーん…　まだ…　でも、公立だと思う。私としてはドコでもいいんだ――」

「ふ――ッ…　ナニ言ってンだよ！　トップを狙《ねら》え！　もっと欲をもて！　ユキなら、できる！　公立トップ校を併願校にするくらいの意気込みが必要だ！」

「え――ッ、トップ校を併願校に？」

「そうだ！　私立を受験しないのなら、トップ校を滑り止めにしろ！　そのくらいの意気込みで行け！」

「だって…、そうすると第一志望は…」

「そうだよ。国立にするんだ！」

「え――ッ？　無理だよ――…私、そんなに頭よくないモン…」

「できる！　ユキなら絶対できる！　オレを信じろ！」

いつのまにか藤代は上半身起き上がっている。表情も高揚《こうよう》していた。

「いいか、国立大の付属校を第一にして、第二が公立トップ校！　偏差値は、夏までに七十にすること！」

「えぇえ…、無理だよ――…」

「できる！　いや、やれ！　これは命令だ！　ご主人様の命令だ！」

「え――ッ…」

「え――、じゃない！　はい、だ！」

「はい…、…でも…　できる…かな…」

「できるさ。オレがついている!」

そう言って藤代はキスをした。

由紀は藤代には逆らえない。信頼するしかない。まだ六十チョットしか取れない偏差値を、どうやったら七十にまで上げられるのか…。

藤代に任せるしかなかった。

四

薫風《くんぷう》、万緑《ばんりょく》の季節。

すべてが輝くこの時期は、塾にとっても太平のひとときである。

受験も終わり、新入塾生の募集も終わり、生徒達は新学年生として、自覚をする時期である。塾としても、一年間の大勢《たいせい》が整うときである。この時期から、中三に対してはガンガン指導していかなければならない。そのため、五月中旬から六月中旬にかけて、藤代の塾では保護者との個人面談を励行していた。一ヵ月かけてすべての塾生の保護者と個別面談をする。一人につき、時間は三十分程度である。授業前の空《あ》いている教室で、机を向かい合わせに並べ、保護者と相対《あいたい》して面談をする。志望校設定、今後の進学指導、普段の授業態度…などが主な面談趣旨《しゅし》であった。

「先生…、あの子、本当に大丈夫なんでしょうか…」

由紀の母親が藤代と対峙《たいじ》していた。不安そうに藤代に詰問《きつもん》した。

ウェーブのかかった髪を上品に後ろで束ね、清楚《せいそ》な感じのワンピースを白いカーディガンと重ね着している。やや肉付きのよい体型だが、顔のつくりは由紀に似ていた。由紀の顔が脳裏に浮かぶ。由紀の話によると、藤代と同い年であるらしい。

母親はさらに言葉を続けた。

「私としましては、普通の中堅校で充分だと思っているんですよ。でも、本人は公立のトップ校を受験したいと言っています。それだけでも驚いておりますのに、国立大の付属も受験したいなんて言っているんですよ…　たしかに、お陰様で成績も上がっています。けど、女の子ですからねぇ…　そんなに上を狙わなくても…なんて思うんですけどねぇ…。…親としましては受験に失敗したことを考えますと…」

「これを見てください」

藤代は毎月実施している模擬テストのデータを見せた。由紀の偏差値推移表と各高校の合格圏一覧表である。

「由紀さんは入塾当初、偏差値は三科で五十五でした。しかし現在、三科で六十四、五科で六十六です。一年間で約十ポイント上げています。これはすごいことですよ。このまま夏に向けて頑張れば、必ず七十は突破します。いや、突破させます！　いま、彼女自身、頑張ろうという欲がありますす。その意欲が大事なんです。その意欲を生かすべきです。由紀さんなら、必ず応えてくれると思いますよ」

そう言いながら、藤代は自分の中の悪魔ぶりに苦笑していた。由紀の実母を前に偽善《ぎぜん》を気取っている。教師然とした態度で接している。

——オレの良心はドコへ行ってしまったのか…

恋人の由紀でさえ、自分の進学実績を上げるための道具にしようとしている…　由紀の哀《かな》しそうな顔が、ふと心によぎった。

「わかりました…。すべて先生にお任せします…。由紀のこと、よろしくお願いします」

母親は何も知らず、深々と頭を下げた。

「かしこまりました。こちらこそ、よろしくお願いします」

藤代は立ち上がり、教室の扉を開けた。由紀の母親を送り出すと、事務員が次の保護者を連れてきた。藤代は気持ちを入れ替えて、次の生徒のデータに目を落とした。

五

「もう！　遅いよ！」

亥銀文也は、少しだけ怒ってみせた。

やはり最初が肝心である。初めてのデートで遅れる相手を、甘やかしてはいけない。今後のためにも叱らねば…。

しかし亥銀はすぐ、笑顔になってしまった。

藤代からのアドバイスが脳裏にある。

――甘やかすなよ。女はすぐにつけ上がる…　最初が肝心だ。

「ごめんネ、ごめん！　電車一本乗り遅れちゃった――ッ」

立木梨沙《たちきりさ》が、左手を胸の前で振りながら笑顔で叫んで走ってきた。

かわいらしかった。途端に亥銀の顔がゆるむ。

梨沙は亥銀のファンであった。亥銀の劇団公演が、先日渋谷であった。ある劇場の小ホールを借りて行ったが、そのとき梨沙が花束を持って亥銀を訪ねた。そして以前から亥銀の演技に関心があり、よく見にくる旨《むね》を告げた。顔立ちも美形であったので、亥銀は惹《ひ》かれた。その場で誘いたかったが、その勇気がなかった。

その旨を、先日藤代に相談した。

——すぐデートしろ！　鉄は熱いうちに打て！

間髪《かんぱつ》入れずの即答であった。相談する相手を間違えたかな…と思いながらも、それに従った。

梨沙は亥銀よりも一つ年上であった。でも、とてもかわいらしいのでそんな感じはしない。ずっと年下に見える。話し方も、やや甘えたような感があり、亥銀を惹きつけた。

梨沙と亥銀の最寄《もよ》り駅は、それぞれ線が違う。双方の線がターミナル駅で重なる。その梨沙側の線の改札口で待ち合わせをした。

十時の予定であったが、三十分近く過ぎていた。

——ま、初日から怒ってもしかたない…

亥銀は笑顔を作り、デートを開始した。

「じゃ、行こうか」

昨夜、定番のデートコースをシミュレートしていた。

一時間ほどで着いた。

ゴールデンウィークも明けた次の日曜なので、混雑はさほどでもなかった。このテーマパークはとても人気があり、いつでも込んでいる。しかし、さほどではない、とはいえ普通の遊園地よりははるかに人出はあった。

初夏の風と柔らかな陽光が、やさしく梨沙を取り巻いている。肩までの髪を風に舞わせ、目を細めながら右手でかきあげる仕草がかわいい。亥銀は抱き寄せたい衝動をグッとこらえた。藤代のアドバイスが脳裏をよぎる。

――いいか、当日、決めろ！「憧れ」は、必ず成就《じょうじゅ》できる。夜になって、そういうムードになったら、積極果敢《かかん》に攻めろ！　決して後手《ごて》には回るな。

何の根拠があって、そう言うのかはわからないが、とりあえず藤代を信じるしかない。

「よし、まずアレに乗ろう！」

亥銀はそう言って梨沙の手を取った。自然に手を繋《つな》いだ。梨沙に躊躇《ちゅうちょ》はなかった。亥銀は少し自信をもった。

「楽しかったな！」

「うん、スッゴイ楽しかった！　私、こんなに笑ったの、久しぶり！　ギンプーったら、冗談ばっか言うんだモン！」

ギンプー…　いつのまにかそう呼ばれていた。どういう感性なのか…　亥銀は屈託《くったく》のない笑顔の梨沙に惹《ひ》かれながらも戸惑った。

夜も八時を過ぎていた。

お台場にある瀟洒《しょうしゃ》なレストランに入っていた。以前雑誌で見たことがあり、一度入ってみたかった。しかし実際、メニューを見てみると、価格が少し違っていた。

――サギだ…

亥銀はそう思いながら、ウェイターを睨《にら》みつけてみた。しかし詮無《せんな》きこと…。

視線を梨沙に戻した。

綺麗《きれい》な目をしていた。大枚かける価値のある女だと思った。

「ね、ギンプー…、ここ、私、払うよ…」

笑顔を浮かべながら梨沙が言った。亥銀は戸惑った。

「え、いいよ。オレがデートに誘ったんだし…」

「いいの！　さっきの遊園地、おごってもらったし！　劇団員はあまりお金持ちではないンでしょ？　だから余裕のあるほうが払えばイイじゃない？　…お願い、払わせて？　私、ギンプーの負担になりたくないンだ！」

「でも…」

「お・ね・が・い！」

梨沙はウィンクと舌出しを同時にした。とてもかわいい仕草だった。

　梨沙は大手信販会社に勤務していると言っていた。大型銀行が倒産するこの御時世《ごじせい》、貸し渋りをする銀行よりも、庶民は消費者金融に向かう。梨沙は毎日仕事に追われ、とても忙しいと言っていた。おそらく亥銀よりも収入は多いだろう。でもそんなことは問題ではない。梨沙の意思が大切だ。

亥銀は観念した。そしてとても嬉しかった。そこまで自分に気を使ってくれる梨沙がいじらしかった。その気持ちを大切にしてあげたかった。

「わかった…　ご馳走になるヨ。　ありがとうネ！」

オーダーは梨沙に任せた。パスタとサラダとデザート…　梨沙とまったく同じものにした。楽しい会話と上品な味付け…。亥銀は酒を飲まない。下戸《げこ》である。しかし、雰囲気に酔った。さすがはデートコースになるだけのレストランである。梨沙もこの店を絶賛していた。いつのまにか、潤《うる》むような目で亥銀を見ている。亥銀は魔法にでもかかったように切りだした。

「朝まで、一緒にいようか…」

「……」

梨沙はしばらく黙って下を向いていた。ややあって笑顔を亥銀に投げかけた。

「ギンプーに任せる!」

亥銀はテーブルの下でさりげなく、右手でコブシを作った。

六

本日分の保護者面談が終わり、ホッとして藤代はパソコンの前の椅子に座った。紫煙《しえん》をくゆらせながら窓の外を見つめていた。

ずいぶんと日が長くなった。六時だというのに、まだ明るい。

突然、藤代の視野の中に亥銀が飛び込んできた。

亥銀は右手をちょっと挙げながら、事務室の扉を開けた。照れたような笑みを浮かべている。

藤代は察した。

――そうか、うまくいったか！

この部屋は事務員がいる。

「ギンちゃん、ちょっと話がある。Ａ教室へ行こう」

「はい」

笑いをこらえているような亥銀の態度が可笑《おか》しかった。

「首尾は？」

まだ教室に着かないうちに歩きながら、振り向かずに藤代は尋ねた。

「ええ、もう、藤代先生の御推察《ごすいさつ》通り…」

「そうか！　よくやった！　おめでとう！」

Ａ教室に入った。藤代は我《わ》がことのように喜んだ。亥銀に握手《あくしゅ》を求めた。亥銀も嬉しそうにそれに応じた。

「で、どんな具合にコトを運んだの？」

亥銀は三十分ほどかけてコトの次第《しだい》を詳細に説明した。

「なに？　カーセックス？」

藤代は頓狂《とんきょう》な声を出した。

「なにも最初の褥《しとね》をクルマの中でしなくても…　相手は嫌がらなかった?」

「いえ、全然…」

亥銀は、藤代が驚いている理由がわからないといった面持ちで、真顔で答えた。

「じゃあ、場所はドコで?」

「お台場のレストランから、ふたりでいったんオレの家に帰ったんです。海に行こうということになって…　ンで、クルマを出して、海に向かったんです」

「なるほど…　で?」

「それで、海の前にクルマをとめて、夜の海を眺めていたら、さざなみの音がBGMになって…ムードが高まって…」

「そうか…　ま、おめでとう!　これでギンちゃんにカノジョができたわけだ!」

「はい!　藤代先生のアドバイスのおかげです!　ありがとうございました」

「いえいえ…　カノジョ、大切にしてあげなよ!」

二人は事務室に戻った。

藤代はほくそえんだ。これで亥銀が由紀に惹かれることはあるまい。この受験期、由紀の心は不安定になりがちだ。数学を強化する場合、亥銀の力が必要だ。その際、亥銀にその気があれば、由紀を誘わないとも限らない。疑うことを知らない由紀だ。藤代の後輩である亥銀を信頼しているので、誘いに乗るかもしれない。

もちろん、考え過ぎであろうと思う。しかし、藤代は一ヵ月ほど前に、由紀から手紙を貰《もら》っていた。とりとめのない内容である。が、劇団の幹部である亥銀がイイ男であるため、不安が膨《ふく》らんできた。

——ユウさんへ

このまえ「夢の話、書いたげるっ!」って言ったから、約束どおりコレに書くね。

私が二十歳近い歳で、劇団に入っているの。なんでかわからないんだけど、そこの劇団長がユウさんだったの。私とユウさんは、公認のカップルなんだけど、夢の中のユウさんは、そりゃーもう浮気者らしくって…。

ある日、その劇団に出資していた会社が倒産して、劇団がつぶれることになったんだけど、ユウさんはあきらめなかった。なんか、昔の友達(刑務所から仮出所した)とアクションの劇をつくったんだ。そん時…、カッコいいー♥ってマジ思っちゃった…♥。

その劇が成功して出資をまた受けさせてもらうことになったんだけど、打ち上げのとき、ユウさん、何も言わずに席を立ったの。そして外へ出てガードレールの所に行ったの。そこにクルマが止まって、その中に美女が…。

その劇団の友達がそれに気がついて言ったの。

「あれ？　お姉ちゃん、先生となんで会ってるのかなぁ」

それ聞いて（また他の女性に手ぇ出して…！　今度は教え子の姉にもちょっかいだすの？）なんて頭に血がのぼって、ユウさんのトコ行ってユウさんにビンタをくらわせて、そのクルマにケリ入れちゃった…　夢でシットしちゃったぁ…。


こういう夢見ちゃったんだけど、たぶん自信のなさの表れだと思う。ユウさんに愛されることなんて、夢の中でしか起こらないんじゃない？　っていつも考えてる自信がない気持ちの表れ。

…けっこう不安なんだよ？　ユウさんみたいな大人が本当に私なんかのこと好きでいてくれるのかな？　なんていつも考えちゃう……。

…前から聞きたかった…。

私のどこが好き？　私はユウさんの優しくも厳しくもある性格が好き。私を見つめる瞳、キスをうばう唇、抱きしめる腕、包みこむ香り……なにもかもが好きで好きでたまらない……！　だから、気持ちを何度も何度も確かめずにいられないの。私にはユウさんしか見えない…。

この手紙の返事はいつでもいい。…ううん、返事しなくてもいいよ。伝えたかっただけだし。ネ？

明日、楽しみにしてる。ユウさんの家でたっぷり愛してね…　そして愛してあげる…。私の心にあなたがすべりこんできて苦しいほどにあなたが愛しい…。

由紀

相変わらず由紀は詩人である。以前より文章もしっかりしてきた。これほど想われていることを知ると、逆に少し恐い気もする。由紀とはいずれ別れなければならない。

しかし今は由紀がとても愛しい。誰にも渡したくない。僅かな可能性も払拭しなければならない。藤代は、そのジレンマに悩まされた。

亥銀は劇団員の幹部である。由紀は部活で演劇をやっている。二人に共通の話題は充分である。夢でも演劇を見るくらいだ。断ち切る必要があると思った。

亥銀の恋の相談は、勿怪《もっけ》の幸いであった。そして亥銀には恋人ができた。

藤代は、とりあえず亥銀への不安は消えたと思った。

七

桜井由紀は車窓からの景色を漫然《まんぜん》と眺めていた。

京都駅からバスに乗り込み、奈良に向かっている。クラス別に五台の観光バスが、ゆっくりと南下していた。バスの中では、ガイドがしきりに説明をしている。京都の町並み、これから行く奈良の歴史等…。周りはほとんど聞いていない。バスの中は、蜂の巣をつついたようなにぎやかさであった。みんな楽しそうである。もちろん由紀も楽しい。今日から二泊三日の旅行である。

隣の座席には仲の良い武田和江《たけだかずえ》が座っている。和江はしきりにお菓子を勧めてくる。由紀も笑顔で応えた。

五月中旬。

修学旅行には最高の季節である。

車窓からは、輝くような万緑の山や田園風景が見える。塾で習った持統《じとう》天皇の短歌のような

「衣干《ころもほ》したり」の景色…。といっても、白い布団が干してあるのだが…。でも碧《あお》と白のコントラストが、本当に短歌のようだ。

——大化《たいか》の改新《かいしん》の年に生まれた持統天皇も、こんな風景を見ていたのかな…

由紀は千三百年以上も前の風景を想像した。美しい女帝の姿もそこにあった。

初夏の陽光の照り返しを浴びながら、前を行く二台のバスが道に沿って蛇行する。三号車の由紀のバスも、そのあとで大きく揺れる。…酔った。

由紀は元来、乗り物に弱い。母親の運転するクルマでも、時々酔う。なぜか藤代の運転だと酔わない。

——ユウさんのクルマだとなぜ酔わないンだろう…

愛とは、何でも可能にしてしまうものなのだろうか…。いずれにせよ、藤代が恋しかった。いつもなら、今日は塾がある日である。由紀は塾を休んだことが一度もない。それは当然である。藤代に逢いたいからだ。しかし今日初めて休む。とても寂しかった。

寝不足と空腹感が酔いを助長するのはわかっていた。無理もない。朝五時半に家を出て、八時の新幹線に乗ったのだ。十一時にバスに乗って、そのまま薬師寺《やくしじ》に向かっている。そこで昼食を取る。初めてまともな食事をするのである。

強行であった。

由紀はグッタリしていた。他にも何人か酔った者がいるようだ。

「ねぇ、由紀…、大丈夫?」

隣の和江が心配そうに声をかけた。

「ン…、大丈夫…。ありがと…」

あまり大丈夫ではなかった。早く着かないかな、と思う。前の席にいる市村愛弥も心配そうに振り返っている。

「由紀ちゃん、もうスグ着くよ。頑張って…」

愛弥も声をかけてくれた。

やがてバスは平城京《へいじょうきょう》跡を過ぎ、大きく右へ旋回して薬師寺へと滑り込んでいった。

——ユウさんに逢いたい… 早く逢いたい…

まだ家を出て七時間ほどしか経っていないのに、もう藤代が恋しかった。

由紀はみんなと一緒に、バスを降りる準備を始めた。

修学旅行は、始まったばかりである。

八

藤代は美和の身体を抱いていた。

由紀を抱いているときとは違ったシットリした感触がある。なんの気兼ねもいらない。安心感もあった。癒《いや》される。

美和は何も言わず藤代を包み込んでくれた。何も言わず、何も訊かず…。

以前、藤代はそんな美和が不満であった。つまらないと思った。しかし今は癒される。何も訊かない美和に、逆に愛しさを感じた。

——本当に身勝手なんだな… オレって…

美和の乳房を吸いながら、一時は本当に別れようかと思った自分を責めた。

今、由紀は受験期…。彼女のためにも、塾の進学実績のためにも、これから厳しく指導しなければならない。そのためには、今、由紀とも別れられない。

——しばらくは、悪魔になりつづけなければなるまい。

藤代は美和の亀裂に男根をあてがい、挿入した。挿入しながら美和に詫《わ》びていた。まだしばらくは美和を悲しませることになる。この罪深き悪魔を許してくれ、と心で叫んでいた。

美和は藤代の腕枕の中にいた。

去年の夏頃から冷たくなっていた藤代の態度が、最近とても優しくなってきている。何があったのかはわからないが、美和は嬉しく思っていた。

優しい藤代は好きだ。

不機嫌な藤代は恐い。何も話せなくなってしまう…。

藤代は知識が豊富だ。美和の知らないことを何でも知っている。美和は藤代を尊敬していた。

しかし機嫌を損《そこ》ねると手がつけられなくなる。暴力は振るわないが、突然、プイッと帰っていってしまう。美和はいつもビクビクオドオドしながら話をする。機嫌を損ねないように。

しかし最近は優しい。美和は至福を感じた。

「ねぇ…、私、仕事、辞めようかな…って思っているんだ…」

「え?」

突然何を言い出すのかと思った。藤代は、乳房を揉んでいた左手の動きを止めた。

「突然、どうした?」

「うん…。お店のお客さんが、今度駅前で百円均一の店を出すらしいんだけど、店員を募集しているんだって。それで私に来ないかって…」

「ふーん… そうか…」

「今より、チョッと収入は悪くなるけど、今の仕事、そんなに長くはできないし…」

「もう何年になる?」

「四年…。藤さんと逢うチョッと前からだから… 藤さんも、オミズ、あんまり好きじゃナイでしょ?」

「……」

「わかるよ、藤さんの態度見てると…」

藤代は笑いながら美和を抱き寄せた。美和は少し震えていた。涙ぐんでいるようだ。

「ばか…、泣くなよ…」

「だって…」

美和は声を詰《つ》まらせた。

「私… 藤さんに嫌われたくナイもん… 藤さんのこと、好きだし… 藤さんのためだけに生きたいもん… ウッゥッ…」

美和は身体を震わせて嗚咽《おえつ》した。美和の背中が汗で濡れている。藤代はかまわず抱き寄せた。言葉が出ない。藤代はシッカリと美和を抱き締めたまま、言葉を模索《もさく》していた。

九

夏期講習が迫っていた。

受験生にとっては天王山《てんのうざん》である。由紀にとっても、勝負の時期である。

藤代は由紀に対し、連日厳しく指導していた。特別に授業前、授業後に課題を与えていた。由紀も積極的に課題とは別に、テキストも自宅でやってきていた。課題の添削《てんさく》以外にテキストの添削まで藤代にやらせる。由紀は藤代イジメを楽しんでいるようだった。

「はい！　先生！　添削してください！」

そう言って由紀は、課題プリントとテキストを一緒に提出する。

藤代が「うッ…」と言って受け取る仕草を見て、クスッと笑う。由紀と藤代の勝負のようであった。由紀は課題を与えられることに喜びを感じているようだ。藤代は、もはや添削に追われ、苦痛を感じていた。

「おのれ…、今度逢ったときは、お仕置きしてヤルからな！」

授業が終わり、独りで教室で勉強している由紀に、藤代は小声で囁《ささや》いた。

「ほんと？　うれしい！　して、して！」

由紀は天真爛漫《てんしんらんまん》の笑顔で答えた。藤代はこうべを垂れて出ていった。

突然、藤代はきびすを返した。周りに誰もいないのを確認してから言った。

「ユキ、ちゃんとツルツルにしてあるか？」

由紀は無言で頷いた。

「よし、チェックだ！」

「え――ッ、ここで？」

「そう、ここで！」

藤代は由紀に近付き、スカートの中に手を入れた。そしてパンツの脇から指を差し入れた。ツルッとした感触であった。

「よし、ＯＫ！　いつもツルツルにしておけよ！　奴隷の証《あかし》だ。…返事は？」

「はい…」

「よし、いい子だ！」

修学旅行から帰った次の逢瀬《おうせ》、由紀は剃毛《ていもう》された。

もう今後、他の人と一緒に風呂に入ることがないからだ。

藤代への絶対服従の証《あかし》として剃《そ》られた。以後、生やすことを禁じられた。腋毛の手入れのように、いつも剃れ、と言われた。由紀は従った。

子供のような性器が、とてもいやらしく感じた。藤代が挿入すると、全部丸見えだ。

それを藤代はそれを写真に撮《と》った。デジカメで、何枚も何枚も撮った。由紀は恥ずかしかった。

しかし、恥ずかしいと言ったら怒られる。由紀は仕方なく従った。

パソコンの画面で見せられる自分の裸は、生々しかった。雑誌などで見るヌード写真とは違っていた。とてもいやらしい。藤代は変態だと思った。しかし、由紀もそれに感化されはじめていた。写真を撮られたり、縄で縛《しば》られたり…。

なぜか、余計に感じてしまう。藤代が「お仕置きだ」と言うと嬉しくなってしまう。

藤代は由紀の知らない世界を、色々と知っている。

藤代に、ずっとついていきたいと思った。常に藤代の後を追い掛けたかった。

十

八月十四日。

あの日から、ちょうど一年になる。

まだ無垢《むく》の少女であった由紀を、大人の世界へいざない、甘美《かんび》な陶酔《とうすい》感と恍惚《こうこつ》感を教えてくれた藤代と、一年にわたり褥《しとね》を交わしてきた。だが、まだほんの通過点である。今後もまだまだ藤代から教わることが山ほどあると思う。

由紀はこの一年で変わった。

外見的には大差ないかもしれないが、考え方はまったく変わっていた。常に相手の気持ちを、先回りして考えることができるようになっていた。洞察《どうさつ》力が身についたのである。その結果、友達も増えたし、クラスの男子からの人気も高くなった。由紀を好きな男子は少なくとも、クラスの中で四人はいる。さらに学校の成績も、おもしろいように上がり、通信簿の合計は四十三になった。つまり九教科あるので、オール五に近い。体育と美術が四であるだけだ。この当時は、まだ相対評価であった。上から七％が五で、二十四％が四。下から一、二の評定も同様である。そして残り三十八％が三ということになる。教科担当教師も人の子だ。どんなに成績が良くても、生意気《なまいき》であれば良い評価にはならない。教師に好かれれば成績は上がる。藤代は由紀に、その点の駆け引きを、徹底して教え込んだ。

この成績には、母も祖母も驚いた。そして誰よりも由紀自身が、もっと驚いた。洞察力《どうさつ》を身に付けることが、こんなにも人間関係を円滑《えんかつ》にするものとは思いもよらなかった。藤代の教えは、由紀にとって常に正しかった。

模擬テストの偏差値もグングン上がっている。七月の模試ではすでに七十近かった。

夏期講習も充実していた。特訓している藤代も、由紀から逃げ出そうとするほど、勉強しまくった。まさに勉強の鬼になっていた。しかし、それもこれも藤代がいるからであった。勉強することが、藤代への愛の証《あかし》だと信じていた。

今日は久しぶりに藤代とデートであった。二人の記念日である。

待ち合わせは、一年前とまったく同じ。スーパーの駐車場。時刻も一時。

あの時と変わっている点は、二人は本当の恋人同士になっていることだ。

今日の行先はプール。遊園地と一体型のレジャーセンターであった。

由紀は水着を持っていない。学校で使うスクール水着しかなかった。藤代が、かわいらしいセパレートタイプの水着を買ってくれた。藤代の部屋で着てみた。赤い花柄のタンキニであった。ファッションショーのようにポーズを作り、ドウ？　と、言ったところで抱き寄せられた。そのまま水着姿で挿入された。

その水着は藤代が持っている。由紀の家には置いておけない。親に見つかってしまう。少しシミがついてしまったその水着は、藤代が持ってくるはずであった。

駐車場に着くと、すでに銀のクルマが停まっていた。あわてて駆け寄った。

「遅い！」

藤代の一声である。十分ほど過ぎていた。

「ゴメン！　ちょっと寝坊しちゃって…」

「寝坊って…　昨夜、何時に寝た？」

「四時頃…　かな…　ユウさんと逢えると思うと嬉しくって！　眠れなかったの…」

嘘である。今では藤代を、喜ばせるコツさえ体得している。出掛けにちょっと手間取っただけであった。藤代は照れたような笑いを浮かべた。

「そうか…　まあ、いい…　乗れよ」

少しはにかみながら、ドアを開けたまま話していた由紀に促《うなが》した。由紀はちょっと舌を出してから、助手席に滑り込んだ。

——もう一年か…　早いなあ…

後方に飛んでいく車窓の景色を、ぼんやりと眺めていた。

「何を考えている？」

藤代が前方を見つめたまま、尋ねた。

「ン…　ユウさんと同じコト…」

「そうか…」

「あの頃の私って…、何も知らないウブな女の子だったんだよね…」

藤代が笑い出した。

「確かにそうだ。でも今では何でも知っている…　そこら辺の熟女より色々なことを知っているぞ」

「誰がそうさせたの？」

「はい…、それは私です！」

右手を胸のあたりにかざして、藤代はおどけてみせた。そのままその手を由紀の後頭部に持っていき、引き寄せた。

「ユキ、愛しているぞ…」

「私も…」

由紀は、両手を藤代の身体に巻きつけた。お互いに強く引き寄せた。左手をハンドルに置いている藤代は、右手だけで由紀を抱きしめ、強く引いた。

「イッ…痛い…ヨ。ユウさん…」

「あ…、ごめん…　そんなに痛かったか?」

手を緩《ゆる》めた。由紀は、か弱い女を演じた。本当は痛くはなかった。藤代に弱い女をアピールしたかっただけである。藤代は、包むように優しく由紀の顔を撫《な》でている。由紀は甘えてみた。

「ねぇ…　ユウさん…」

「ン…?　なんだ?」

「……」

「なんだ…?」

「なんでもない…」

「どうした…」

由紀は感心した。藤代ほどの男も、こんな他愛《たあい》もない言葉に動揺している。可愛い女を演じることは、こんなにも簡単に男を手玉に取れるものなのか…　由紀はちょっと得意になった。もっと藤代をからかってみたくなった。

三十分ほど走ったところで渋滞に巻き込まれた。ほとんど動かない。

「まいったな…」

藤代が舌打ちした。今日のように暑い日は、誰も彼も涼を求めたくなるものである。みんな行先は同じであろう。外環状線を右折し、総合レジャーセンターに向かう一本道に入ったところで渋滞にぶつかった。まだ二時前だ。プールの込み具合が想像できる。芋《いも》を洗うようであろう。由紀は提案した。

「ね、このまま行っても何時に着くかわからないよ。着いたとしても、きっとスゴイ込んでると思うよ…。やめない？　私はユウさんといられるならドコでもいいよ！」

「ン…　そうだな、折角《せっかく》のユキとの休日、不快な思いをしに行くのはバカらしい。人が行かないようなところを探してみるか」

「うん！」

クルマは脇道を右折した。そのまま山に向かった。

快調に疾走した。緑の景観が美しい。車窓がまるでノンフィクション映画のパノラマ画面のようだ。ビュンビュン後ろに飛んでゆく。由紀はうっとりした。

「ユウさん…、不思議…」

「どうした?」

「私ね、前にも言ったと思うけど、乗り物に弱いの… 修学旅行のときもバスに酔ったし、お母さんのクルマでも酔うことがあるの。でも、ユウさんのクルマだと、全然酔わない… むしろスッゴク気分がいい! どうしてだろう…」

「それはな、きっとユキが心底楽しんでいるからだろう! いま不安なんて、ないだろう? …あるとすれば、受験…かな?」

「やめて! 今日はそれを言わないで!」

藤代は笑いながら、クルマを渓谷《けいこく》に向かって走らせた。


道に迷ったようだ。

渓谷に向かったはずだが、どこかの市街に向かっているようだ。クルマにはGPSは着いていないし、地図も持っていなかった。交差点ごとにある案内表示板だけを頼りに運転していた。しかし小さい道に入ってしまうと、その表示板もない。

「道に迷っちゃった…」

由紀は笑った。藤代のその言い方が、子供のようであったからである。

「何がおかしい！」

「ごめん… だって、かわいかったンだもん…」

「フンッ！ まあ、いい…。どこかに入ろう。疲れたし、腹も減った」

三時を過ぎていた。本当なら今ごろ、プールの中だ。折角由紀の水着を買ったのに、それも無駄になってしまった。藤代は少し苛《いら》ついた。すぐ由紀は察したようだ。

「気分を直して、ユウさん！ 今日は私、ユウさんのために何でもスルから！」

「何でも？」

「うん、何でも！」

藤代は、自分でも単純であると思った。もう気分が晴れた。笑顔になった。すぐに由紀の術中《じゅっちゅう》にはまる自分が可笑《おか》しかった。

市街に入り、ファミリーレストランに入った。時間的なこともあって、比較的すいていた。中ほどの席に相対《あいたい》して座り、注文をした。

「またビール飲むの？」

由紀はあきれたように言った。

「ほんの少しだけだ。水代わりだ！」

「アル中？」

「なんだとッ！　…ところで、さっき何でもするって言ったよな！」

「え？　そうだっけ…」

飲み物が運ばれてきた。オレンジジュースとビール。藤代は一口含んだ。

「とぼけるな！」

藤代は急に小声になった。そして前屈《まえかが》みに顔を近づけ言った。

「トイレに行ってパンツを脱いでこい！　今日は一日ノーパンで過ごすんだ」

「え――ッ！」

「何でもするンだろ？　ご主人様の命令だぞ…」

由紀はゆっくり立ち上がった。そしてトイレに消えていった。そのときの顔が笑顔を浮かべていた。藤代は驚いた。由紀はこの命令を予想していたのか…？

ややあって由紀が出てきた。

含んだような笑みを浮かべている。悪戯《いたずら》っぽい笑顔であった。

「どうした？」

「フフッ…　最近、ユウさんの言動、予想がつくンだモン！」

「そうか…　そんなにオレって単純か？」

「ううぅん、ユウさんに教えられたことをやっているだけ！　相手の身になって考えてるだけだよ」

「なるほど。オレはユキに心を読まれてるわけか…」

「うん！」

「じゃあ、オレが今なにを考えているか当ててみろ」

由紀は悪戯っぽく笑った。

「フフッ…　Hなことでしょ！　私に恥ずかしいことさせようとしているンでしょ？」

当たっている…。ノーパンの由紀に、脚を開け、と命令しようとしていた。

「図星《ずぼし》？」

「…いいや…」

「うそ！」

「まいったね…、ユキはスゴイ女になってしまったな」

これはもう、洞察《どうさつ》というより読心術《どくしん》だ。完全に心を読んでいる。

由紀は勝ち誇ったような笑顔で藤代を見つめていた。ストローをくわえる口と、藤代を見つめる眼が卑猥《ひわい》だ。

藤代は由紀を離したくないと思った。女としての成長が著《いちじる》しい。ドンドン藤代好みの女になっていく。まさに真っ白いキャンバスが、藤代色に染められていくのである。他の男に渡したくない。

しかし、いずれは別れなくてはならないだろう…。由紀を生涯の伴侶《はんりょ》になど、できっこない…。歳が違いすぎる…。

いつか由紀は他の男に抱かれる…。そんな姿を想像すると、途端に胸が苦しくなる。だが現実に、確実に、その日は来る…。

——せめて、想い出はたくさん作ろう…

「さて、ユキ、これからドウしようか」

運ばれた料理を食べながら、藤代は尋ねた。

「ここは、どの辺なの？」

口いっぱいに食べ物を入れてしまったので、あわてて咀嚼《そしゃく》し、嚥下《えんげ》してから由紀は答えた。その仕草は、まだ子供であった。妖艶《ようえん》さと幼さが同居している。

「去年デートした湖に、ほど近いはずだ」

「そう！　じゃあ…」

「わかった！　みなまで言うな」

今度は藤代が推察した。

「想い出のラブホに行きたいンだろう？」

「わッ！　やっぱ、わかる？」

「わかるさ。いいよ、行こう！」

「わーい！　ラブホ、ラブホ！」

「おい、あまりデカイ声を出すな！」

藤代は遮《さえぎ》ったが、周りに客は誰もいなくなっていた。

第6章　受　験

一

秋が深まっていた。

この地域もすっかり葉が色付いた。商店街の街路樹も、黄色やオレンジ色にその姿を変えていた。関東一円でも紅葉の見所は多い。北関東の温泉地から、南関東の箱根・伊豆の山々…　全ての山が、真っ赤に染まる。真紅とメッシュがかった金色のコントラストは、まるで錦絵《にしきえ》を見ているようだ。しかし低地になると、どこも十一月下旬にならないと葉が色付かない。また、付いたとしても、燃えるような真紅の楓《かえで》には、お目にかかれない。せいぜいくすんだオレンジが関の山だ。

藤代の塾の周りの木々も、お世辞にも美しいとは言えない紅葉を纏《まと》っていた。

「桜井、すごいッスね！」

亥銀が模擬テストの結果を見ながら叫んだ。

「五科の偏差値七十二！　…国立、行けるんじゃないですか？」

しかし藤代は黄色く色付いた木々を眺めながら、吐き出すように答えた。

「どうかな…　七十二で、パーセンタイルが七十パーセントだ。七十二だと不合格者が多数出ている。やはり模試では満点近くを取っていないとな…」

パーセンタイル偏差値とは、合格者全員を上位から偏差値で順位をつけ、その位置で、五十%、七十%、九十%と出すことである。合格者全員の、上から七十パーセント目の人が、偏差値七十二の人ということになる。真ん中の五十%目の人は、偏差値七十四以上である。つまり合格者のちょうど真ん中が、偏差値七十四である。なんとハイレベルな争いであろう。

「だからねギンちゃん、オレは公立トップ校でイイと思っているんだよ。パーセンタイル五十%で偏差値六十九だ。今の桜井なら楽勝だ。しかし、恐いのはスランプだ。だから、あくまでも第一志望は、国立にしておく！　油断させないためだ。そして受験もさせる。合格したら儲けモンって感じで受ければ、気も楽だろう」

「なるほど…」

そこに由紀が入ってきた。中三は部活を引退しているので、塾には早く来られる。まだ五時前だ。中三の授業開始が八時なので三時間は勉強できる。

「空《あ》いている教室、使ってもいいですか？」

「ああ、Ａ教室使って！」

由紀はＡ教室に消えた。

ややあって藤代が、様子を見てくる、と言って事務室を出た。

由紀の背後から声をかけた。

「どうだ、調子は…」

背後から胸を揉みながら、首筋にキスをした。

「だめ…　勉強に集中できない…」

「ごめん、ごめん…」

藤代は笑いながら手を解き、由紀の隣の席に座った。

「この調子で頑張れ！」

「うん！　頑張るしかないもん！　…ねッ、ユウさん、数学教えて！」

藤代は教材を覗き込んだ。国立の過去問であった。

「数学…ね…、ギンちゃん、呼んでくる…」

「えーッ、ユウさんに教わりたいなーッ」

悪戯《いたずら》っぽい笑いを浮かべ、由紀は甘えるように言った。藤代は咳払《せきばら》いを一つした。

「でも、折角ギンちゃんがいるンだから…　ね！」

そう言うと藤代は退出した。由紀は笑った。

「えーッ、ユウさん、わかんないンだーッ！」

藤代はその声を背中で聞きながら、右手を挙げてバイバイした。

ややあって亥銀が入ってきた。

由紀はスグに真顔になり、数学の世界に没頭《ぼっとう》した。

二

「ある生徒から聞いたンですけど…」

亥銀が、やや沈痛な面持《おもも》ちで耳打ちするように、藤代に報告した。

もう師走《しわす》に入り、受験も押し迫ってきた。市街はクリスマスムード一色である。テレビでもラジオでも、年末恒例番組を流していた。

「何かあったのか？」

授業終了後の一服をしていた藤代は、怪訝《けげん》そうに訊いた。

「真田が…　ある女生徒と付き合っているらしいンですよ…」

「なに！」

真田崇《さなだたかし》は、藤代と亥銀のかつての教え子であり、この塾の人気講師である。確かに人気はあるが、まだ生徒達をグイグイ引っ張れるような力はない。藤代は、人気だけで授業を展開している真田を、幾度《いくど》となく叱った。その度に真田は、神妙な面持ちで反省している様子であった。だが、今度ばかりはゆるせん！

生徒に手を出すな、とあれほど言っておいたはずだ。

「相手は…、誰だ…」

「市村らしいです」

「市村愛弥《あや》？」

由紀の友達である。由紀も知らなかったことなのか…　寝耳に水である。

もう十時半になろうとしていた。

「生徒達は？」

「では、ギンちゃんが入手した情報を全て教えてくれ…」

亥銀は事務机の椅子に座り、藤代の目を見つめながら淡々《たんたん》とした口調で話しはじめた。

コトの始まりは夏期講習からであった。まず、愛弥が真田に告白した。それにより真田が舞い上がり、塾の帰りに近くの公園で会うようになった。愛弥はかわいらしい顔をしていた。目が大きく、笑顔が愛らしい。真田は一気にのぼせ上がった。頻繁《ひんぱん》に会うようになった。やがて愛弥から抱いてと言われ、その公園で抱きしめた。キスをしてと言われ、キスをした。その二人の姿を、他の生徒に目撃された。また別の生徒にも、二人で歩いているところを見られていた。二人は、静かに噂《うわさ》になっていった。真田の人気が下降しはじめた。女生徒達から白い目で見られるようになった。男子達は、その噂をまだ聞いていないらしい。女子の中だけで噂は広まっていった。そして亥銀がキャッチしたのである。

「よし、今から真田を呼び出そう！」

「わかりました」

時間は十一時を回っていた。

「もう、みんな帰りました」

「今からですか？」

「緊急事態だ！　こんなことが広まれば、こんな塾、スグにつぶれる…」

藤代の言葉には怒気が含まれていた。

――真田め！　なんてバカなんだ！　よりによって塾の近くの公園とは！　なんで、もっとうまくできないんだ！　要領が悪すぎる！

藤代の怒りの矛先《ほこさき》は、違っている。本来なら真田の〈行動そのもの〉を非難すべきなのに、行動の〈仕方〉に対して憤《いきどお》っている。

――なぜ、オレのようにうまくできないンだ！

「そうですよね、生徒に手を出すなんて、言語道断《ごんごどうだん》ですよね」

「ン？　そ…、そうだな。生徒には手を出してはいかん！」

藤代は亥銀に言われて、ハッとした。そう…生徒は塾にとっては商品だ。保護者は客。生徒は客から預かった大事な商品だ。その商品に手を出すなんて！　…しかし、藤代自身はどうだ！

由紀との関係は一年半も続いている。

藤代は複雑な思いで受話器を握った。真田の携帯に短縮を合わせた。

「もしもし、藤代だ！　緊急事態だ！　スグ来い！　市村のことだ！　それだけ言えばわかるな？」

藤代は乱暴に受話器をフックに戻した。

十二時を回った頃、真田のクルマが塾の前に止まった。ややあって真田が事務室に入ってきた。青ざめていた。

「真田！　どういうことだ？　コトの次第《しだい》を話せ！　…いいか、隠すなよ！　俺達は大体のスジは知っている。オマエの口から直接聞いて、確認したい」

藤代は真田を睨《にら》みながら、一気にまくし立てた。

「ボク…　クビ、ですか…」

「そんなことは、あとで決めることだ！　早く話せ！」

藤代は怒鳴った。真田は話しはじめた。しどろもどろに、言葉を選びながら…。今にも泣き出しそうな表情であった。

「夏期講習の後半に…、市村からボクのケータイにメールが来たンです…　社会の宿題、ドコだっけ、って…　で、ボクはその内容を返信しました。…そしたら、しばらくしてその設問内容についての質問が来たンです」

真田は、淡々とした口調に変わっていた。遠くを見つめるように目は一点を凝視し、あとから思い出したことを付け加えながら、ゆっくりとすべてを話し終えた。

一時間ほど経っていた。大スジは亥銀の言ったことと同じであった。

「本当に、キスだけか？　セックスはなかったンだな？」

藤代はしつこく訊いた。真田は頷いた。

「しかもディープキスではないンだな」

さらに確認した。軽い接吻《せっぷん》だけの関係なら〈清い交際〉として何とか体裁《ていさい》を確保できる。藤代は慮《おもんぱか》った。

「おまえ…、市村と別れられるか？」

「……」

藤代の質問に真田は答えない。おそらく愛しはじめているのであろう。

「どうなんだ！」

語気を強めて訊いた。真田に詰問《きつもん》しながら、藤代は自分自身にも自問自答を試みた。

――オレ自身はどうなんだろう…　ユキと今、別れられるのか？　答えは…、ノーだろう…ユキはもうすでにオレの身体の一部になっている感がある。…真田はどうなんだ？

「別れないと言ったら…」

ややあって真田は質問で切り返した。

「クビにせざるをえない…」

藤代は嘆息をつきながら、真田を見据《みす》えた。亥銀が割って入った。

「真田！　オマエ、何を血迷ってんだよ。生徒に手ぇ出すなんて、言語道断《ごんごどうだん》だぞ！　しかも相手は中学生だ。コレは犯罪だぞ！　オマエは成人してるンだから、逮捕されるぞ！　いいのか！」

亥銀の恫喝《どうかつ》に真田のこうべは九十度まで垂れた。いよいよ泣き出しそうである。藤代も亥銀の言葉に、胸を射抜《いぬ》かれた思いがした。塾長自らが犯罪者である。真田を責めるのはツラかった。はたから見れば、藤代は美和という恋人がいながら、中学生の由紀をおもちゃにして手玉に取っている。まさに鬼畜《きちく》である。その点、真田は一点の曇りもなく、純粋に市村愛弥を好きになっている。しかも肉欲に走っていない。まさに純愛である。

鬼畜と純愛…　どちらが美しい？　愚問だ。

しかし、鬼畜の藤代は純愛を引き裂かなければならない。しかも教え子同士の純愛を。

「真田、こうしたらドウだ…。オマエと市村は、いったん別れろ。市村の受験が終わり、卒業したら、晴れて再び交際すればいい。塾生でなくなれば、オレの関知するところではない。まだ清い交際であるなら、それは可能だろう？」

真田はゆっくり頷いた。

「クビにはなりませんか?」

「ああ、とりあえずは…な。…ただし、今後二人の交際を知ったときは、〈泣いて馬謖《ばしょく》を斬る〉という故事《こじ》があるが、オレは笑ってスパッとオマエを切る!」

明日、市村を呼び出し、話すことにした。そのとき真田も立ち会う。

藤代はタバコをくわえ、火を点けた。大きく煙を吸い込んだ。

深夜二時近かった。

「ラーメンでも食いにいくか?」

藤代は二人を交互に見て、微笑んだ。

三

「ユキ、勉強の方はドウだ? 順調か?」

「うん、順調だよ! でも、国立の方はちょっとキツイかな。国立大附の過去問、チョー難しいンだもん… 今日もお母さんには図書館に行くって家を出たから、あとで勉強、見てくれる?」

冬期講習を目前にした日曜、藤代は由紀を抱きたくなった。先日の真田と市村のことも訊きたかったし、美和を抱いてしばらくすると由紀が恋しくなる。

由紀は一時に来た。すぐにシャワーを浴び、裸のままベッドに来る。性器はいつも剃毛《ていもう》してあるのでツルツルである。由紀の羞恥心は、まったくなくなっていた。ベッドの上でバスローブ姿で待っている藤代に、飛びかかるように抱きついてきた。二人はむさぼるように絡み合った。冬だというのに汗だくになる。藤代は果てたあと、大きく由紀を抱きしめた。

もう四時を回った。陽が落ちるのが早い。あたりは薄明かりである。由紀はそろそろ帰らなくてはならない。

「いま見よう。もうそろそろユキ、帰る時間だろう?」

由紀はベッドの上にある目覚まし時計を見た。眼鏡を外しているので、かなり顔を近づけている。

「あッ…、もう、こんな時間……ユウさんと逢っていると、アッという間に時間が過ぎてしまう…」

そういうと由紀はベッドを出て、自分のカバンを摑み、中から問題集を取り出した。そして、テーブルの上にある眼鏡を取った。

一糸纏《いっしまと》わぬ姿に眼鏡を掛け、問題集を開いて藤代への質問箇所を探している。脚を広げ、仁王立ちのその姿は卑猥《ひわい》であった。

「あッ、ここ、ここ！」

由紀の示したのは社会の問題で、〈田毎《たごと》の風景〉を図解せよ、との問題であった。確かに教科書には出ていない。昔の山国の貧しい農村の知恵である。通常、水田は平野か盆地で発展する。山国での稲作は適さない。しかし一部の山国では、急斜面に小さな水田をいくつも作るのである。その小さな水田ごとに映る月を〈田毎の月〉という。藤代は図に書いて由紀に説明した。

国立大附属ともなると、あらゆる角度から出題される。学校で使っている教科書のみから出題するという決まりがある公立高校とは、問題の質が違う。

——やはり由紀には国立はキツイかな…

「ユキ、焦《あせ》らずマイペースで行けよ。公立トップ校は滑り止めだ。絶対に受かる！　国立は、ダメモトで受ければいい…」

「いやッ！　受ける以上は、合格したい！」

由紀は唇を尖《とが》らせた。

「わかった、わかった！」

藤代は笑いながら由紀を抱きしめた。

「ところで、ユキ…」

藤代は、真田と市村愛弥のことを訊いてみた。由紀は、噂《うわさ》は耳にしたと言った。しかし愛弥が、誰にも何も言おうとしないので、あえて由紀は訊かなかったらしい。言いたくないときに訊こうとするのは友達としてできない、と由紀は言った。

「なるほど、それでオレに言わなかったのか」

「うん…、真相がわからないのにユウさんには、言えないでしょ？」

「そうか…」

由紀らしい考えである。他人の世界に土足で入り込むのは、洞察《どうさつ》力のない人間のすることである。藤代は由紀に教えられた気がした。

しかし藤代は、経営者として塾を守らなければならなかった。あえて真田と愛弥を引き裂くことを選ぶしかなかった。藤代は自身にそう言い聞かせた。言い聞かせなければ、あまりに自分が醜かった。自分のことを棚に上げて、教え子の恋を破壊したのである。

「じゃ…、帰るね」

その声に藤代は部屋の電気を点けた。

由紀は身支度を整え、優等生の格好になった。コートを着て、カバンを持った。どこから見ても、真面目な優等生にしか見えない。小さな眼鏡がキラキラ光っている。

藤代は裸の上にバスローブを羽織《はお》ったままだ。

「じゃあ、明日、塾でな」

藤代は軽く右手を挙げた。由紀はウン、と言ってきびすを返した。ドアの閉まる音が部屋に響いた。

四

藤代はバスから見える羊蹄山《ようていざん》を眺めていた。

なるほど富士山そっくりである。標高は二千メートルに満たないが、富士山同様単独のコニーデ型で、その美しさは北海道の富士山と称されていた。

隣の席には美和がいた。美和も、全身を雪で纏《まと》った羊蹄山の美しさを賛美していた。

「本当にキレイね」

二月下旬の北海道は、雪景色一色である。暖かいバスの中から見える雪国の風景は、とても美しくのどかであるが、いったん外に出れば、凍てつくような寒さが襲いかかってくることであろう。

藤代は美和を連れてスキー旅行に来ていた。

今日は公立校の入試の日であった。そして今日から五日間、塾は休みである。塾の年間カリキュラムは、学校より一ヵ月先んずる。つまり、公立入試の前日をもって、その年度の終了となるわけである。

昨日までで、塾の年間業務のすべてが終わった。三月からは、新学年のスタートである。

残念ながら、由紀の国立大附属は不合格であった。入試は二月上旬に実施された。受験後の帰りに塾に寄ったが、暗い顔をしていた。数学と理科に手応えがなかったらしい。公立トップ校があるさ、と慰めるほかなかった。由紀はさほど落胆している様子もなく、うん、と答えて帰っていった。正式に結果が出た日も、由紀は塾に来た。少し目を腫《は》らしていたが、藤代は檄《げき》を飛ばした。由紀も最後まで燃えることを約束した。

――今頃は必死に数学の問題を解いているところかな…

美和の言葉に藤代は答えず、漫然《まんぜん》と景色を眺めていた。

朝八時に羽田から飛行機に乗り、九時半に新千歳《しんちとせ》に着いた。そこから旅行会社の用意してくれたバスに乗り、ニセコアンヌプリを目指す。バスの行程は一時間半ほどだ。

もうすぐ十一時になる。そろそろニセコに着くわけだ。

藤代は今夜泊まる予定のホテルのパンフレットを取り出した。昆布《こんぶ》温泉という、アンヌプリからクルマで十分ほどのところにある温泉観光ホテルである。ゲレンデへのバスの送迎もある。夕食は三大ガニの食べ放題らしい。

「美和、今日は夕食まで何も食べないぞ！」

「無理よ、だってスキーをするンでしょ？　お腹空くでしょ？」

「いいや！　オレは耐える！　タラバと毛ガニ、死ぬほど食ってヤル！」

「もう…　藤さんたら、子供みたい！」

二人の笑い声がバスの中に響いた。隣の学生らしいカップルが怪訝《けげん》そうにこっちを見ていた。

今日から二泊三日。藤代は美和と精一杯楽しもうと思った。いま必死に戦っている由紀のことは…、払拭した。

「いいか美和、急斜面は両足に均等に加重《かじゅう》を掛けられなければバランスを崩すぞ！　美和の場合、ほとんど片足加重になっている…　それから、もっと前傾姿勢《せんけいしせい》をとらなければ、スピードを抑制《よくせい》できないぞ！」

「うん…　でも、どうしても恐くって後傾姿勢《こうけいしせい》になっちゃう…」

美和は藤代のスキー指南《しなん》を受けていた。緩斜面《かんしゃめん》はなんとか藤代について行けるのだが、急斜面《きゅうしゃめん》になるとどうしても速度が遅くなる。恐くてスピードが出せない。

美和は中学・高校時代、よく家族とスキーに出掛けた。父は学生時代に草スキーの大会に出たこともあり、酒に酔うと自慢げにトロフィーを見せていた。その父の手ほどきを受け、普通には滑れるのだが、急斜面は恐くて行けなかった。やがて父は弟に熱意を向けるようになった。美和はそれ以上上達することはなくなった。

藤代にスキーに誘われたとき、十年以上のブランクに躊躇《ちゅうちょ》した。しかし藤代との初めての旅行でもあり、教えてあげるよ、という優しさも嬉しかったので行くことにした。

美和は去年七月から、雑貨屋の店員に転職していた。

スナック勤めのときの客が、百円均一の店を駅前に新規オープンさせることになり、店員を募集していた。その客は以前から美和に興味があるようで、美和に来るよう誘った。美和もやり甲斐《がい》のある仕事だと思い、誘いに乗った。スナック勤めを嫌う藤代のためでもあった。今では、その客の下で働いて、その客を社長と呼ぶ。始めのうち、美和は違和感があった。しかしもう八ヵ月になる。慣れるものだ。

社長は美和にとても優しくしてくれた。今回の休暇も何も聞かず了解してくれた。キミには期待してるよ、が口癖《くちぐせ》であった。

「よし、もう一滑りしよう！　ついてこいよ！」

「ちょっと待って…　もう私、足が痛い…　藤さん、独りで滑ってきてイイよ。私、キャビンで休んでいるから…」

「なんだよ…　だらしないな…　まだ三時前だぞ！　せっかく北海道までスキーに来たのに…しょうがないな…　じゃあ、あそこのレストランで休んでな！　オレも一回滑ってから、そこに行くから！」

藤代は麓《ふもと》にあるレストランをストックで指し示した。

「うん…」

美和の返事を聞くと、藤代は勢いよく滑り出した。ゲレンデ正面に羊蹄山《ようていざん》が見える。雄大な景色だ。

アッという間に藤代は小さくなっていった。小刻みに左右に振ったかと思うと、大きく旋回を繰り返す。総合滑走《かっそう》を美和に見せつけているようだった。

美和はそれを見てカッコいいとは思わなかった。むしろ寂寞感《せきばくかん》があった。藤代の冷たさが見えてしまった気がする。足の痛い美和を独り置いて、自分は颯爽《さっそう》と滑っていってしまう…　一緒に休もう、と言ってほしかった。

独り残された美和は涙ぐんだ。優しさがほしかった。なぜか社長のことが、ふと頭をよぎった。

美和は慌《あわ》てた。なぜ社長の顔が？　…払拭した。

五

電話の声は武田和江であった。

「もしもし、先生？」

「おお、どうした！　受かったか？」

「はい！　受かりました！　ありがとうございました！」

「そうか！　やったな！　よかったな！」

藤代は大声で祝福した。

公立校の合格発表の日である。塾を開けると、スグに電話が掛かってきた。

「そ…、それで、ほかのヤツらの情報はわからないか？」

「えッと…　愛弥ちゃんも受かってるし…」

和江は知っていることを淡々《たんたん》と告げた。藤代は苛立《いらだ》った。

「桜井は?」

「由紀ちゃんも受かってた」

「そうか!　じゃあ、全員受かっていたんだな!　よかった!　おめでとう!」

藤代は受話器をフックに戻した。安堵《あんど》の溜息を漏らした。

「よしッ!」

藤代は両手でコブシを作った。そのコブシを胸元に引き寄せ、天を仰《あお》いだ。

そこに由紀から電話が掛かってきた。

「おめでとう!」

藤代が先手を取った。

「え?　なんで?」

「武田和江が教えてくれた」

「えーッ!　もう!　和ちゃんったら!　私が一番最初にユウさんに言いたかったのに!　あーん…　もう!　くやしい!」

藤代は笑った。くやしそうに地団駄《じだんだ》を踏んでいる由紀が想像できる。

「ごめん、ごめん…　でもオレも早く結果が知りたかったし…　とにかくユキ、おめでとう！」

「ウン…　ありがとう！　これもユウさんのお陰です」

「フフ…　その台詞《せりふ》、一生忘れるなよ！」

お互い笑って電話を切った。

春の陽光が、やさしく塾を照らしていた。やっと咲きはじめた梅の木々も、やさしく微笑んでいるようだった。

藤代は新聞の折込《おりこみ》チラシの作成に取り掛かった。合格速報の名前配置を構成した。当然、由紀の名前がトップに配置された。


「イツまでも拗《す》ねているなよ…」

「だって…」

「武田和江にしたってオレが訊いたから答えたンであって、言いたくて言ったわけじゃないンだから…」

「そりゃあ…　わかってはいるンだけどさ…　私がユウさんに一番最初に言いたかったンだも

ん！」

「だだっこ！」

藤代はそう言って由紀を抱きしめた。

合格発表後の最初の日曜、由紀は藤代の部屋に来た。すべての受験が終わり、公立トップ校に合格した由紀は、満面の笑みを浮かべ、藤代の部屋に凱旋《がいせん》した。

「ユキは、とりあえずオレを超えたな！　高校では…」

「そうぉ？　やったぁ！」

由紀は軽く万歳のポーズをとった。そして藤代に抱きついた。

藤代の出身校は、私立の中堅大学の附属校であった。公立トップ校の併願校でもある。由紀はトップ校に合格したので、藤代を超えたことになる。

「ま、大学があるさ。大学でもオレを超えろよ！　勝負は最終学歴だ！」

「ぶ――――ッ…」

顔をクシャッとさせて舌を出す。女の子が小悪魔に見えるこの仕草に、最近の藤代はメロメロである。

「さ、ユキ、裸になれ」

「ウン…」

由紀は急に真顔になり、服を脱ぎはじめた。

衣擦《きぬず》れの音が悩ましい。スグに一糸纏《まと》わぬ裸になった。いつも剃毛《ていもう》されている股間は、ツルツルである。

「よし、シャワーを浴びてこい」

由紀は用意されたバスタオルを持って、バスルームに向かった。

ややあって、何も身に纏わずにベッドに来た。

「今日は縛《しば》るぞ」

そう言うと、藤代は十メートルの荒縄を取り出した。由紀はそれを見ると、条件反射のようにベッドの上に正座した。

藤代は半分に折った縄の中央部分を、由紀の首に掛けた。そして二十センチほどのところに結び目を作り、またその下二十センチのところに結び目を作った。さらにその下二十センチのところに結び目を作り、今度は縄を左右に割って、腰に回した。背に通し交差させ、先ほどの三段目の正面の結び目と結び目の間に、左右の縄を割って入れた。そしてもう一重、同じ動作を繰り返した。

亀甲縛《きっこうしば》りである。

結び目と結び目の間が、亀の甲羅《こうら》のように六角形になる。

藤代は同じ動作を、結び目ごとに三回繰り返した。

亀甲縛りを完成させ、両手を後ろ手に縛り、余った縄で太腿をきつく縛り上げた。

ボンレスハムのようになった由紀の裸体が、ベッドに転がされた。

藤代はビデオカメラをセットした。テレビをモニター画像にして、アングル構成し、録画ボタンを押した。

「ユキ…、気分はドウだ?」

「ヘンな… 感じ… です…」

後ろ手に縛られている由紀は、身動きが取れない。脚は縄によって広げられたままだ。卑猥《ひわい》な格好である。しかしとても美しい。十五の少女の裸体である。中学生最後の緊縛《きんばく》である。藤代は興奮した。

由紀の乳房は縄で縛り上げられ、パンパンに張って、はちきれそうである。藤代はその乳首を吸った。痛いぐらいに強く。

「あッ…」

由紀はたまらず声を上げる。

藤代はその張った乳房を大きく揉みながら、パックリ広げられた無毛の股間を、音を立てて吸った。ズズーッと卑猥な音が部屋中に響く。

「あーッ…　あーッ！」

由紀は雄叫びにも似た声をあげ続けた。

完全に奴隷になっていた。藤代の玩具《おもちゃ》と化していた。しかし由紀はそうなることに喜びを感じていた。藤代の教えで間違ったことはなかった。藤代に従うことは、無上の喜びであった。


藤代の精子をのんだ。

由紀が何回か果てた後、縄をはずされた。由紀の性器に刺さっていた男根を抜き、由紀にくわえさせた。そしてそのまま由紀の口の中に藤代は果てた。

長い長い射精であった。

由紀は口の中、舌で転がし、味わって飲み込んだ。

「ユキ、今日の味は？」

「ン…　ちょっとしょっぱかった…かな？　…前回は甘かったのに…」

最近の由紀は精液の味の評論家のようであった。舌鼓《したつづみ》を打ちながら、精液の味を品評する。

「昨夜、お酒、飲みすぎたでしょ」

しょっぱかったり、酸っぱかったりすると、決まってこのように言う。

でも最後には必ず、微笑んで言う。

「おいしかったよ。ごちそうさまでした！」

そのとき藤代は両手で由紀を引き寄せ、きつく抱きしめるのであった。


「今度の金曜日、卒業式だな…」

「うん…」

由紀は藤代の腕枕の中にいた。由紀の左手は藤代の股間を撫《な》でまわしている。

「今日はイッにも増して、エキサイトしたな。由紀は八回もイッたぞ！」

「うそ！　そんなにイッた？　自分ではわかんない…」

「そうか…　ところで、由紀ももうすぐ高校生だ。これからは本当の親友を作れよ」

「親友？　それなら今でもいるよ」

「いや、本当の親友だ。今の友達は親友ではない…　単なる友達だ」

「どう違うの?」

由紀は熱い視線で藤代を見つめた。

「今の友達とユキとは、知的レベルが違う。レベルが違うと親友にはなれない…」

「どういうこと?」

「つまり… 全て腹を割って話せる友達っていうのは、自分と同じような価値観・分析力・理解力があって、初めて気を許せるモンだ。…ユキだって、もし友達に利用ばかりされていたら嫌だろう? レベルの低い子はユキを利用するだけだ。決してユキのレベルでのリターンは…、ない」

「ふーん… そうなのか…」

「思い当たる節があるだろう?」

「うーん… なんとなく。…そういえば、よく…宿題見せてとか、この問題の解き方教えてとか、ノート見せてとか… そういうの…多かったみたい。友達によく言われた」

由紀の目は空間を見つめている。真顔であった。

「だから! こんどユキが行く高校は、みんなが同じような学力…、各中学のトップレベルだ。女子校でもあるしな。ユキはこの高校で親友を作れ。おそらくその子は、ユキの生涯の親友になる」

「ふーん…　そっかぁ！　じゃあ、がんばって親友、作ってみるネ！」

「おう、がんばれよ！」

藤代は由紀を、きつく抱き締めた。由紀は受験の開放感とともに、新たな友達への期待感に、胸を膨《ふく》らませた。そして心の師、藤代に敬意を込めて、首筋にキスをした。

第7章　疑　念

一

由紀と藤代は電車に乗っていた。

ゴールデンウィーク前半の二十九日、久しぶりのデートであった。

由紀は入学祝に母親から携帯電話をプレゼントされたらしい。やっと藤代とメール交換ができるようになった。

最初の頃は、毎日のようにメールが来た。最近、やっと落ち着いたようだ。

しかし、メールを駆使《くし》してのデートの打ち合わせも、なかなか乙なものである。藤代は、平安時代の短歌のようだと思った。由紀のメールを見ると、藤代への想いが切々と綴《つづ》ってある。家が近くなだけに、スグに飛んでいきたい衝動《しょうどう》に駆られた。

藤代は駅で会うことにした。

しかし人目を憚《はばか》り、ホームの進行方向最前車両 の扉付近で待ち合わせをした。乗る電車の時刻をメールで指定し、お互い離れた車両に乗ることにした。周りに知り合いがいないかどうか、確かめながら近づく。

次の駅に着く頃、やっと二人は寄り添った。

行先は新宿。映画を見に行く予定であった。由紀が見たいと言っていたブラピの映画である。そのあと食事をして、その日は帰る。やはり優等生は早く家に帰らなければならない。そして翌日の午後、由紀が藤代の部屋に来る予定であった。

「そうか…　では、その子がユキの親友になるかも知れないな」

由紀にはもう友達ができたらしい。同じクラスで、席が近くだそうだ。そのうえ部活も同じ演劇部らしい。趣味が同じなのでスグに打ち解けたということだ。

藤代は右手で吊革《つりかわ》につかまり、由紀を見下ろしている。由紀は左手で吊革につかまり、藤代を見上げている。初めて二人で乗る電車のデートであった。

「うん!　すっごくイイ子だよ!　かわいいし、頭もイイし!」

「へえ…、なんて名前?」

「六波羅《ろくはら》花美《はなみ》っていうの。私はロッカって呼んでる」

「ロッカー？」

「違う、ロッカ！　六波羅の口、花の音読みでカ！　ロッカ！」

「なるほどネ。ユキはなんて呼ばれてる？」

「ユキちゃん」

「そのまんまだな…」

そのとき目の前の座席が二人分空《あ》いたので、二人は座った。周りは二人をどう見ているのだろう。藤代は気になった。おそらく親子には見られないだろう。藤代の格好がジーンズに白のシャツである。それに淡いサングラスを掛けている。由紀は細かいチェックのブラウスに膝丈よりやや短いデニムのスカート。長めの髪を肩のところで束《たば》ねている。大学生くらいには見えるであろうか。二人とも初夏の装《よそお》いである。

——女垂らしが若い子に手を出した、くらいにしか思われないかな…

藤代と同い年くらいの男が対座している。新聞を読んでいるが、ページをめくる度、藤代と目が合う。何を想像しているんだか…

「それでね…」

由紀が話を続けた。

「最初ね、Hな話から始まったの…。私達、女子校でしょ、だから全然気取る必要がないの。ロッカもそういう話、スゴく好きみたいで…」

「へえ…　やっぱり女子校って、そんなモンか」

「うんッ、だからね、私、ユウさんの話、いっぱいしちゃった！」

「え？　オレとのこと、話したの？」

「うん！　だって、ロッカ、口が堅いし！　第一、ロッカだってもう初体験、終わっているんだよ」

藤代は周りに気を使った。声を出さないで訊いた。

「いつ？」

「中三の終わりだって」

由紀も声を出さないで、藤代の耳元に口を近づけて言った。

「相手はどんなヤツ？」

「それが…　男の人じゃないの…」

「なに？」

藤代は思わず声を出した。

「女…か？　レズなのか？」

藤代はまた声を出さずに訊いた。

「うーん…　でもロッカは、バイだって言ってる…」

「じゃあ、男とも寝たことはあるのか？」

「ン…　あるみたい…　春休みだって！」

「へーぇ…　アバンギャルドだな…」

藤代は、そんな子と親友になって大丈夫かな、と思った。由紀がロッカの影響を受けなければイイが…。

電車は新宿駅に着いた。扉が開いた。

人の波がいっせいにホームを覆《おお》った。藤代は由紀の手を握り、人波を掻き分けた。

歌舞伎町に向かった。ゴールデンウィークの新宿の人出は凄《すさ》まじい。まるで棒受《ぼうう》け網漁《あみりょう》で追い込まれたサンマのようだ。行き場を失い、ウロウロしている。一番街に投網《とあみ》を打てば、まさに一《いち》網打尽《もうだじん》で人間漁ができそうである。

噴水の前に出た。雑居《ざっきょ》ビル一階の映画館を選んだ。窓口でチケットを購入後、館内に入った。

長蛇の列であった。最後尾についた。

「込んでいるネ」

由紀が囁《ささや》いた。二人の後には、もう何組かのカップルが並んでいた。

「ゴールデンウィークだからな…、しょうがないよ」

藤代は溜息を漏《も》らしながら、上映時間を確認した。開演まで三十分もあった。


やっと席に座れた。かなり前の方の席だ。コーラを二つ買った。

上映が開始された。

右手で由紀の手を握りながら、左手でコーラを飲んだ。

ブラピが画面に映る。なるほど、イイ男だ。しばらく見入った。しかし藤代はスグに飽きた。

——それにしても…

由紀にそんなヘンな…、いや〈前衛的《アバンギャルド》〉な友達ができるとは…。まあ、類は友を呼ぶ、と言うから、性的好奇心が強い子が友達になるであろうことは予想できたが、まさかレズ・バイ系とは…。由紀が、そのロッカとやらに犯されたりはしないだろうか…。

藤代は、顔の見えぬロッカと由紀が、妖《あや》しく絡み合うシーンを想像した。

由紀とロッカがキスをしている。舌を絡めている。由紀がロッカに乳房を吸われている。由紀がもだえる。由紀が股間を開く。ロッカが顔を埋《うず》める…。

藤代は勃起した。

藤代の手が由紀の手を離れ、スカートの中に入っていった。由紀は抵抗しない。映画を見ているままの姿勢を保っている。藤代の手がパンツの中に入る。指先が陰核に触れた。

瞬間、由紀はビクッと反応した。

藤代の手は遠慮することなく、小陰唇に割って入り、掻きまわした。由紀は小刻みに身体を震わせている。藤代の指先には、マッタリとしたトロミが絡み付いている。

藤代は二本指を膣に挿入した。由紀は咳払《せきばら》いに似た声を出した。必死に我慢しているようだ。

藤代は、いたずら好きの子供のように、膣内を掻き回してみた。由紀は咳払いをしながら、小刻みに身体を震わせつづけた。

長い時間、それを続けた。

やがて藤代は指を抜き去った。

指が粘《ねば》つく。イカの燻製《くんせい》のような匂いだ。由紀が横目でそれを見ている。藤代は、おいしそうに指を舐めて見せた。由紀は藤代の肩に額をつけるように、もたれかかった。

二人とも映画の内容は頭に入っていなかった。ただ、画像だけを目で追っていた。

上映が終わった。

人の波に乗り、二人は外へ出た。

もう夕闇が迫ってきていた。三時間近く館内にいたことになる。

「さて、メシでも食うか！　腹減ったろ？」

「ううぅん…　あんまり…　…ユウさんと二人っきりになりたい…」

そう言うと由紀は、右手を藤代の腰に回した。先程の悪戯《いたずら》で身体に火がついたのか…。

藤代も、由紀の腰に手を回しながら抱き寄せた。

「明日があるだろう？　今日はあと二時間くらいしか一緒にいられないぞ…」

「う…ん…」

二人は、靖国《やすくに》通り沿いの雑居ビルの地下にあるビストロに入った。

テーブルにつき〈シェフのおすすめ〉を二つ注文した。

「な、こんど、そのロッカとやらに会わせろよ」

「えーッ…　やだよ！」

「なぜ？　だってオレのこと、話してあるンだろ？　見てみたいよ、ロッカを！」

「いや！　だってユウさんをとられちゃうモン！　ロッカ、巨乳だし！　誰かさんは、巨乳好きだし！」

藤代は、へーぇ、と言って笑った。しかし、是非一度会ってみたいと思っていた。

——ユキの親友か…

その顔の見えないロッカの裸体を想像した。巨乳である。藤代は誘惑してみたい衝動《しょうどう》を、少しだけ持った。

二

藤代がその知らせを受けたのは、夏期講習の準備に入ろうとする七月初頭、雨の夕刻であった。

「真田が死んだ？」

藤代は受話器を握り、大声を発した。

事務員も目を見開き、こちらを振り向いた。

「どういうことだ！」

電話の相手は伊達《だて》伸晃《のぶあき》であった。藤代の教え子の講師である。真田と友達でもあった。

「自殺？」

なんということだ…　真田が自殺するなんて！

今夜、通夜が行われるという。伊達と我妻は受付をやることになったらしい。伊達の授業が今日ある。藤代は受話器をフックに戻した。

亥銀に連絡をとって、代講を要請《ようせい》しなければならない。明日、告別式だと言っていた。藤代も行かなければなるまい。

藤代は再び受話器を取り、亥銀の携帯に短縮を合わせた。

「もしもし…」

藤代は概略《がいりゃく》を説明した。

「わかりました。そういうことなら、何とかします」

そう言って亥銀は、電話を切った。おそらくスグに行動してくれるだろう。とりあえず穴は埋まった。

それにしても…　真田が自殺とは…。

思い当たる節は…、市村愛弥の件か？　でも、まさか！

急に罪の意識が、藤代に襲いかかった。

――オレが、二人を引き裂いたからか！

しかし藤代は塾長として、当然の措置《そち》を取ったまでである。罪の意識をもつ必要はない。しかしながら、藤代自身が大罪を背負っている。それを棚に上げて、教え子を糾弾《きゅうだん》したのだ。この後ろめたさが呵責《かしゃく》となっていた。

「大丈夫ですか、先生…」

椅子に座り、額に人差し指を当て、目を閉じて考え込んでいた藤代に、事務員が心配そうに声を掛けた。

「ン？　ああ…　ありがとう。大丈夫です」

「でも、真田先生…　いったい…」

「ええ…　明日、告別式に行ってきます。そのとき、詳しいことがわかるかもしれません。…生徒には、何も言わないでください。動揺しますから」

「はい」

そのとき、ドアが開いて亥銀が入ってきた。

「おお、ギンちゃん！」

「藤代先生、真田は、いったい…」

亥銀も絶句した。信じられないといった面持ちである。

「うん… とにかく明日、告別式に行ってみるよ。ギンちゃんも行く?」

「ええ、もちろん」

「でもギンちゃん、早かったね。ドコにいたの?」

「え? 今日は休みだったンで…、近くのファミレスにいたンです」

「あ、そうだったのか。ゴメン…、デートだった?」

亥銀は聞こえなかったのか、それには答えず、授業 の準備に取り掛かった。藤代もそれに促《うなが》されたように、外に出て生徒の自転車の整理に取り掛かった。


翌午後一時。

藤代と亥銀は、市の斎場《さいじょう》に来ていた。霧雨が降っている。

伊達と我妻もすでに来ていて、二人に案内してもらった。

親族が受付をしていた。

藤代と亥銀は香典《こうでん》を渡すと、奥に入った。真田の遺影《いえい》が掛かっていた。

少し微笑みかげんの綺麗な写真であった。

――信じられない……

今にも後ろから、真田が呑気《のんき》そうに声を掛けてくるような気がする。

亥銀も青ざめていた。

藤代は両親に挨拶《あいさつ》をした。

「ああ……藤代先生……息子が……、お……お世話になりました……」

母親はそれだけ言うと、むせび泣いた。

父親はただ黙って頭を下げた。藤代もそれに倣《なら》った。

ややあって、読経《どきょう》が始まった。四人は後列に座った。真田の遺影が藤代を見つめている。責められているような気がした。

経が終わると、荼毘《だび》に付す。

火葬場に移動した。

真田の遺体は、鉄の扉の向こうへと運ばれた。ガシャンという大きな音が、場内に響いた。点火された。黒い煙が煙突から立ち上った。参列者が一斉にハンカチを目に当てた。すすり泣く声が四方から聞こえる。藤代は天を仰いだ。煙はやがて、仄《ほの》かな透明の揺らぎに変わった。遺体が炭化《たんか》しているのだろう。真田は灼熱《しゃくねつ》の中にいるのか。藤代は、やるせない気持ちで火葬場を後にした。亥銀、伊達、我妻もついてきた。四人とも傘は差さなかった。むせぶような霧雨である。

四人は近くの喫茶店に入った。

コーヒーを注文すると真田の話になった。伊達が経緯《けいい》を話しはじめた。

「ヤツは…、失恋したんです…」

言葉を探しながら、途切れ途切れに話を繋《つな》げた。それによると…。

去年の暮れ、真田は市村愛弥と別れた。しかし卒業後再会しようと誓い合った。つらい四ヵ月の末、晴れて春休みにメールを送った。

しかし、そのときはもう愛弥の熱が冷めていた。単なる憧れは、冷めるのも早い。愛弥は、同じ学校に行くことになっている同級生に告白されていた。その男と付き合いはじめた。真田はメールでその旨《むね》を告げられた。狂った。女が信じられなくなった。酒にのめり込んだ。毎日泥酔《でいすい》するまでのんだ。そして…。

二日前、自分の部屋で首を吊《つ》った。

傍《かたわら》にカラになった焼酎《しょうちゅう》のボトルがあった。おそらく、酔って発作的に吊ったのであろう。感情のコントロールがきかない状態になったのだ。真田は、それほどまでに愛弥を愛していたのか。

伊達は、警察による検死後の遺体を見たという。顔は、青紫にうっ血していて、目と口を薄く開け、やや舌が出ていたらしい。伊達は、正視できなかった、と言った。

藤代は茫漠《ぼうばく》とした荒野を見るような目で、店の空間を見つめていた。

真田は、週二回藤代の塾で授業を持っていた。が、藤代はまったく気が付かなかった。真田の様子は、普段と変わりなかったと思う。だが真田は二日前、死を選んだのだ。

——オレが真田を追い詰めたのか… 純愛だから、と言って目を瞑《つぶ》るべきだったのか…

自問自答していた。答えは見つからない。

「藤代先生…、そろそろ塾に行かないと…」

亥銀が腕時計を見てから藤代を見つめた。

「あ? ああ…」

藤代は呆《ほう》けたような返事をして、ゆっくりと立ち上がった。

もう四時を過ぎていた。


四人は塾に着いた。

今日は全員が授業のある日だ。事務員が四人に清めの塩を振ってくれた。

「真田のことは、生徒達には言えない…。病気で死んだことにしよう。でないと、生徒達が動揺する…」

「はい…」

　全員が承知した。

　塾の講師なんて因果《いんが》な商売だ。学校の教師とは違い、サービス業だ。競争社会である。常に他塾との競争だ。人が死んで、葬式から帰った後でも、笑顔で授業をしなければならない…。生徒達は何も知らないし、逆に知らせてはいけない。動揺させてはいけないのだ。真田の件も夏休みの間の病死にする。暗い顔をして授業をすれば、生徒はスグに退塾してしまう。必死に、明るい顔を作らなければならない。

　藤代は全員に檄《げき》を飛ばした。

三

　一ヵ月が過ぎた。

　夏期講習も中期に入っている。生徒達からは、真田先生はどうしたの、とよく質問された。その都度、入院中と答えた。何の病気、に対しては、のみすぎで肝硬変《かんこうへん》、と答えた。

もう今では誰も質問しなくなっていた。塾内は、うまく乗り切ったと思う。

由紀はとても驚いていた。愛弥と仲が良かったから当然であろう。ベッドの上、藤代の胸で泣きじゃくった。後日、由紀が愛弥に伝えると、愛弥は異常な驚きを見せ、半狂乱になったらしい。そして二人でまた泣きじゃくったと言う。もちろん自殺のことは、他言しないよう釘を刺したとのことだ。

今日の授業は終わった。

十時半を過ぎていた。すべての戸締りを終えた。

そこへ突然、亥銀が来た。亥銀は夏期講習の間、藤代の塾では仕事していない。掛け持ち先の進学塾で教鞭《きょうべん》をとっている。

「おう！　久しぶり！　どうした？」

藤代は笑顔を見せた。

「どうも！　…その後、真田の件は如何《いかが》ですか？　生徒達の方は…」

「ああ、もう大丈夫のようだ。夏期講習の後期にでも、病死したと生徒達に言おうかと思っている…　ところで、どうした？」

「実はオレ…　結婚…しようと思うんですよ」

「え？　マジに？　あのカノジョと？　立花…」

「梨沙です。立花梨沙…」

「え…　イッ？」

「それが…　急なんですけど…　十月なんです…」

「え？　十月？　そんな急に？　まさか…できちゃったの？」

「違いますよ！　彼女、オレより年上なんで…　できるだけ早い方がいいって言うモンですから…」

「だって、まだ付き合って一年ちょっとだろう？　大丈夫なの？」

亥銀は大丈夫だと言った。梨沙のことを愛しているし、理解もしていると言った。しかし、一年と二ヵ月で何がわかる。しかもお互いに忙しい身だ。聞けば月二、三回しか逢っていないらしい。しかも相手の方が、収入が上だ。

「ねぇ、ギンちゃん。結婚というのは恋愛とは違う…。生活そのものだぞ。甘いムードも、もって三ヵ月だ。それを過ぎると、生活という現実が、ギンちゃんの背中に伸し掛かる。つまり、生活とは、金だ。収入だ！　本当に、大丈夫なのか？」

藤代は一気に畳み掛けた。亥銀が辛い思いをするのを見たくはなかった。

「それに…、夢は…捨てるのか?」

亥銀はそれに対し笑って答えた。

「夢は捨てませんよ！　彼女も協力してくれると言っています。夢を追うオレが、好きだとも言ってくれます。だから結婚する気になれたンです！」

藤代は微笑んだ。

「ＯＫ！　わかった！　じゃ、もう何も言わない。おめでとう！」

藤代は右手を差し出した。亥銀も差し出し、握手した。

「ただし、生徒達には言わないで戴けますか。動揺させたくないンで…　あ、それから…　結婚式には、絶対来てくださいね！」

梨沙について少しのろけ話をしてから、亥銀は帰っていった。

藤代は美和と由紀の顔を思い浮かべた。

——オレはこの二人に、ドウ思われているのだろう…

もし藤代が亥銀のように夢を追いかけたいと言ったら、二人はどういう反応をするだろうか。

おそらく二人とも笑い出すだろう。藤代を超現実男だと思っている。二人ともそれは身体に染み込んでいるはずだ。藤代は少し寂寥《せきりょう》感《かん》を持った。

――裕一郎！　歳を考えろ、歳を！

自嘲《じちょう》するように呟《つぶや》いた。

塾を閉め、マンションに向かって歩きはじめた。

八月の夜風はぬるい。肌に纏《まと》わりつくようなベタベタ感がある。藤代は生ビールがのみたくなった。寄り道することにした。

――亥銀を誘えばよかったかな…

明日は休みだ。しかし由紀が来る。一時にマンションに来ることになっていた。藤代の性奴《せいど》と化した由紀は、アメリカンポルノより激しい。藤代の身体は今や由紀にとって、麻薬と化していた。

――飲み過ぎないようにしなければ…

自重《じちょう》して飲もう。体調は整えておかなければならない。そう思っては…いた。

四

頭が痛い…。

二日酔いだ。なんで飲んじゃったンだろう…　自重はどうした…。

――塾長が、自重できずに自嘲する…

しょーもないオヤジ…。まだ酔っているのか。でも五七五で川柳《せんりゅう》には、なっている…。

――塾長が次長《じちょう》なら、三連複《さんれんぷく》だったのに…

時計を見た。十二時を過ぎていた。

――やばい！

藤代は飛び起きた。鏡を見た。顔がパンパンにむくんでいた。

「おまえは、誰だ！」

藤代は鏡に叫んだ。まるで他人が映っているようだ。相撲《すもう》とりのような顔つきである。髪はスーパーサイヤ人になっていた。

――どうする？　ベジータ！

藤代は、パニクっていた。由紀が一時に来てしまう！

――そうだ！　電話だ！　ユキはケータイを持っていたンだ！

藤代は自分の携帯電話を探した。

――ない！

昨夜のヤキトリ屋か！　忘れてきたか！　何をやっているんだ！　携帯に番号登録してあったのに…。

そうだ！　メモがあるはずだ！

由紀の番号は…？　どこだ！　どこにメモをした！

財布の中、鞄の中、机の中も探したが見つからない！　…思い出した！

――そうだ！　オレは暗記していたんだ！

語呂合わせで覚えていた。確か…　０９０…〈ナマコ…、イイヨ…〉

あわてて受話器を握り、ボタンを押した。

呼び出し音が鳴る。二回、三回…、十回…。

――頼む！　早くでてくれ！

「はい、もしもし…」

由紀が出た。藤代は安堵《あんど》の溜息を漏らした。

「あのさ…　ちょっと用事ができた…　三時にしてもらえないか？」

藤代は落ち着いて、クールな声を出すよう心掛けた。だが顔は、お相撲《すもう》さんである。

「えーッ、どうして？」

「ウン…　ちょっと…　ぎ、銀行に…　行く用事があって…」

「そうなの？　じゃあ…、わかった、三時ね」

――よし！

藤代はバスルームに向かった。タブに熱めの湯を注いだ。ジックリ汗を流すためだ。一時間も浸《つ》かれば、サウナ効果があるだろう。

――このむくみを取らなければ…

由紀の前では、常にカッコよくありたかった。美和の前ならその必要はない。気を許しているし、気取る必要もない。しかし由紀には、疲れた顔を見せたくなかった。

藤代は二時間かけて支度を整えた。

ちょうどその時、チャイムが鳴った。


「お仕事、もう終わったの？」

「え？　ああ…　銀行？　ン、終わったよ」

藤代はバスローブ姿である。由紀は訝《いぶか》った。

「ユウさん、何か隠してるでしょ」

由紀は悪戯《いたずら》っぽい目で藤代を見つめた。

「い、いや…」

「はい！　白状して！」

由紀は読心術《どくしんじゅつ》に近いものをもっている。藤代は観念した。

「じつは…　昨夜、ついのみすぎてしまって…　目が覚めたのが、あの時間で…」

藤代は自分の額《ひたい》を撫《な》でながら、しどろもどろに答えた。

「あーあ、またやっちゃったわけね…　二日酔い…　それで私と逢う時間、二時間も遅らしたわけね！」

「ごめん！　この埋め合わせは必ずや…」

藤代は合掌《がっしょう》した。由紀は横目で睨《にら》んでいた。

「うん！　埋め合わせしてね！　いまスグ！　ユウさんの、か・ら・だ・で！」

そう言って由紀はキスをしてきた。息もできないくらい濃厚《のうこう》であった。

「今日、暑かったから、家でシャワー浴びてきたの！」

そう言うと由紀は、スグに裸になった。

「ギンちゃんがサ、結婚するンだってサ！」

「えッ！　本当？」

セックスが終わり、由紀は藤代の胸に身を委《ゆだ》ねている。

「信じられない！　だって…」

由紀は口ごもった。言ってはいけないことを、滑らせた感じだ。

「だって、どうした？」

「ううぅん…、なんでもない！」

藤代はムッとした。

「どうした！　言え！　…言えないのか？　命令だ。言え！」

「…ギン先生の名誉のため、言いたくなかったンだけど…　私、食事に誘われちゃったの…」

「ギンちゃんに？」

「うん…。でも…結婚するなんて一言も言ってなかった…」

「ちょっと待て、もう一緒にメシ食ったのか！」

「う…ん…」

「イツだ！」

藤代は、あきれた。なんと真田の訃報《ふほう》を受けた当日だ。どうりで亥銀が早く塾に着いたわけだ！　その上に亥銀は由紀に、花火をしよう、と誘ったらしい。もちろん由紀は、好きな人がいるから、と断ったらしいが…。

藤代は、由紀を叱《しか》った。

「その後、亥銀からの連絡は？」

ギンちゃん、から、亥銀、へと呼び捨てに変わった。

「ない…です」

「今後は、スグ、オレに報告すること！　いいな！」

「はい！　…でもネ…、久しぶりに恋の駆け引きしたみたいで、ドキドキしちゃった。だってユウさんに口説かれたのって、もう二年前なんだもん！」

「あきれたヤツだな…。亥銀は結婚するヤツなんだぞ。今後は一切、二人きりでは会うな！　それと…、言っておくが、二年前は、ユキがオレを誘惑したの！　オレに色目を使って！」

「ひっどーい！　色目だなんて…　いたいけな少女の処女を奪ったくせに！　当時私は十三歳！はーんざいしゃ、犯罪者！」

「うッ…」

由紀の揶揄《やゆ》するような口調に藤代は閉口《へいこう》した。確かに、犯罪者であることは揺《ゆ》るぎない事実だ。それに、美和に対し、真田に対し、贖罪《しょくざい》したい気持ちでいっぱいである。

――それにしても…

亥銀の気持ちがわからない…。結婚するのに、なぜ由紀を誘う？

藤代は亥銀に対し、ハッキリと疑惑《ぎわく》の念《ねん》をもった。

――そうか！

由紀を誘ったのが一ヵ月前。結婚するって言ったのが昨日…。つまり由紀に断られたから立花梨沙と結婚するのか…。

いずれにせよ、亥銀は今後も由紀を誘うであろうと思った。亥銀は結婚のことを生徒達には言うな、と言った。それは由紀も含まれている。独身者として、再び由紀を誘う気か？

――そうはさせない！

藤代は由紀を抱きしめた。由紀も抱き返した。

「ところで、ロッカはイツ泊まりに来る？」

藤代はシャワーを浴びて、バスローブを着た。由紀はすでにシャワーを浴びて、藤代のTシャツを着ている。身に付けているのは、それ一枚のみである。椅子に座ると、張《は》りのあるムチッとした太腿と尻が丸見えである。髪を梳《と》かしていた。

「あさって！　ウチに友達を泊めるのって初めてだから、お母さんの方が緊張しているみたい！　夕飯、何にしようか、ってぼやいていたよ」

「そうか…」

藤代と由紀は、このお盆休みに旅行することになっていた。

行き先は苗場《なえば》である。

藤代が加入しているクレジットカード会社から、特別優待のチケットが届けられていた。由紀にその話を持ちかけると、「行きたい！」と即答したので行くことにした。しかし由紀はまだ高一だ。気軽に外泊などできない。まだ友達のウチにも泊まりに行ったこともないし、友達を泊めたこともない。

そこで、まずロッカを由紀の家に泊め、母親を信用させておいてから、ロッカの家に泊まりに行く、と言って藤代と旅行に行く。

全て藤代が立てた計画であった。

「レズのロッカと、ヘンなことするなよ」

「しないよ！　私にはユウさんがいるし…、第一、ロッカにだって今、恋人がいるんだから！　かなり年上の…」

「へーぇ、いくつ？　ヤッパ女？」

「うーん…　ひ・み・つ！」

「こら、言え！　秘密と聞くと、余計知りたい。先日の亥銀のこともあるし、な！」

由紀は一度溜息をついた。言うべきか躊躇《ちゅうちょ》している。

「ごめん…　やっぱ、言えない…　親友を裏切りたくない…」

「そうか…　わかった…」

藤代はベッドに横になった。そしてファミレスのルームサービスのメニューを見ながら言った。

「では、オレも由紀には何も言わない。すべてを秘密にする…　いいな！」

由紀が抱きついてきた。

「あーん、ごめんなさい！　言います、言います！」

藤代は微笑んだ。由紀は顔を硬直させ、語りはじめた。ベッドの上で正座していた。

「歳は…、ユウさんと同い年…」

「本当か！　どこで知り合った？」

「……」

「どうした？　言えないのか？」

「相手は…　お…、」

由紀はしばらく沈黙した。

「じらすな…」

「叔母さん…なの…」

「叔母さん？　叔母さんって…　親の姉妹の？」

由紀は頷いた。

藤代は驚いた。レズ・バイの他、近親相姦《きんしんそうかん》まで…。

由紀の話によると、ロッカの初体験の相手が叔母らしい。中三のとき、叔母に誘われた。しかし自分の父親の妹であるため、頻繁《ひんぱん》には逢えない。まだ叔母は独身ではあるが、ロッカの祖父母と暮らしていた。ロッカは叔母と逢えない寂しさを他で紛《まぎ》らわせようとして、携帯の出会い系で同性愛者を求めた。何人かと付き合った。しかし満たされなかった。叔母とのセックスは他とは格段に違う。出会い系で男とも寝てみた。しかしロッカは満足しなかった。叔母以外の相手は、もう考えられなかった。

「だから私達は、ヘンなことなんてしないよ。絶対に！」

「わかった…」

そう言って藤代は由紀を抱きしめた。

「出前を取ろう！　何が食べたい？」

ルームサービスのメニューを由紀に渡した。

第8章　別れ

一

夏期講習の前半が終わった。

講習後半は二十二日からである。この間、塾はお盆休みである。

塾を閉め、駐車場に向かった。今日は実家に帰るつもりであった。しかし、クルマに乗った途端、美和の顔が脳裏をよぎった。

藤代は美和のアパートに向かった。時間は十一時を回っている。いくら昼間の仕事に変わったからといっても、まだ寝るには早い。

——突然行ったら、驚くかな…

いつも藤代はメールで連絡してから行く。それが礼儀であると思う。親しき仲にも礼儀は必要だ。

しかし今日は突然、行きたくなった。藤代は合鍵《あいかぎ》も持っている。万一美和がいなくても、中に入りビールでものんで待とう…、そう思っていた。

クルマをアパートの駐車場に滑りこませた。

美和の部屋から明かりが見えた。藤代はドアにロックを掛けると、ゆっくりとアパートの階段に向かった。もう深夜であるので、足音はできるだけ控《ひか》えた。

ノックした。

応答がない。寝ているのか? いつもならスグに美和がドアを開ける筈《はず》だ。深夜なのでチャイムを鳴らすのは憚《はばか》った。藤代は鍵を取り出した。

ドアを開けた。

玄関のたたきに、黒い革靴が一足あった。玄関の先にもう一つガラスの扉があって、その先に人影があった。一人は美和であった。対峙《たいじ》して男の姿があった。鬢《びん》は白髪《しらが》まじりで、額《ひたい》はかなり後退している。六十年配であろうか。美和の顔が、凍《こお》りついているようだった。

藤代は、すべてを悟った。そして、きびすを返した。

大きな音をさせてドアを閉めた。そのまま階段を下り、クルマに向かった。ドアを開けたところで、美和が走り寄ってきた。

「待って！　藤さん、誤解してる！」

藤代は無言でエンジンをかけた。

「あの人は、社長なの…。今日、一緒に食事して、それで送ってもらったの！　それだけなの！　決してやましい関係なんかじゃない！」

閉めようとするドアを手で押さえ、美和は必死に釈明《しゃくめい》した。

「では訊くが、美和の仕事は何時に終わる？　たしか七時だったよな！　それから食事に行ったとして、なぜこんな十二時近くになる！　…また、密室で夜中に二人きりなんて、釈明は不可能だ！」

そう言うと藤代は、ドアに掛かった美和の手を解き、乱暴にドアを閉め、クルマを後退させた。

そしてそのまま発進させた。

バックミラーに、茫然《ぼうぜん》と立ち尽くす美和の姿が映っていた。


「今の人が恋人かね？」

振り向くと社長が立っていた。美和の目からは涙が溢れていた。

「私はまずい時に来てしまったようだね…」

美和は、いいえ、とだけ言ってその場に座り込んでしまった。涙が、後から後から流れてくる。暑いはずなのに身体が震えた。

「明日は仕事、休みなさい。店は、アルバイトの子が二人来るから大丈夫だろう。私も応援に行くから心配ない。彼の誤解を解《と》いたほうがいい…　そうしないと後悔するよ。さッ、もう部屋に戻りなさい。私はここで失礼する」

そう言って社長はきびすを返した。

美和はしばらくしてから、ゆっくり立ち上がり、重い足取りで部屋に戻った。

部屋の中で美和は何も手につかず、ただ茫然としていた。いたずらに時間だけが経過していく。

いつのまにか二時を回っていた。

美和は藤代の携帯に電話をしてみた。が…、着信拒否をしているようだ。

朝になった。

美和は一睡《いっすい》もできなかった。幾度となく電話を試みた。しかし一切の反応がなかった。

顔を洗った。そして鏡を見た。目の下には隈《くま》ができていた。目は腫《は》れている。美和は大きな溜息を一つついた。途端に涙がとめどなく溢れ出た。

頭を抱え、ベッドに倒れこんだ。そのまま大声で泣いた。赤ん坊のように泣きじゃくった。

——四年よ…

四年間もの歳月が、こんなことで消えてしまう…　美和には信じられなかった。

かつて、美和が一緒に暮らしていた恋人とは、二年で破局した。美和が彼の不甲斐《ふがい》なさに愛想をつかしたのである。引き止める彼を、美和は振り切った。あのときの彼も、今の美和と同じように苦しんだのだろうか…。

美和は藤代にメールを送った。

〈今夜九時に電話します。出てください。どうしても話したいことがあります〉

送り終えて、美和は目を閉じた。

藤代はメールを受信した。

ちょうど目が覚めたところであった。実家に帰っていた。

昨夜は深酒をした。自室で独りのんだ。杯《はい》をあおりつづけた。美和が信じられない。なぜあんな男と…。

——美和はオレに何を望んでいたんだ…　結婚ではなかったのか？　ではなぜあんな男と褥《しとね》を交《か》わす。それとも単なる浮気か？　あの男はオレより上手《うま》いのか？

藤代は目を閉じた。

二人の姿が見える。あの男が、美和を組みしだいている。美和は喘《あえ》いでいる。男は美和の舌を吸っている。そして美和の柔《やわ》らかい乳房を吸った。やがて、男の醜い男根が美和の股間に突き刺さった。

そこまで想像して、藤代は頭を振った。

いずれにせよ美和を許すことができなかった。何をどう否定しようと、あのシチュエーションでは、あの男との関係を否定できない。

藤代は美和だけを責めた。自分のことは棚に上げていた。

——オレはあんな美和に対しては、贖罪《しょくざい》の念を持つ必要はなかったんだ！

藤代は僅かな開放感を感じた。しかし寂寥《せきりょうかん》感のほうが強かった。

——美和がオレを裏切っていたなんて…

実家の自室から見える水田を見つめていた。その目が携帯に移行した。メール受信ランプが点滅している。開けてみた。

——いまさら何の話があるというのだ…

藤代は携帯をベッドにポンと投げた。階下《かいか》で父の呼ぶ声がした。

行ってみると、父はダイニングで昼間から酒をのんでいた。何か気の利《き》いた肴《さかな》を作れ、と言う。

「おふくろは？」

「パートに出掛けた…　なにか食わせてくれ、ブランチだ。おまえも付き合え」

そう言うと父は、焼酎《しょうちゅう》の水割りをグッとのみ干した。

父は、家電メーカーを十五年ほど前に定年退職している。景気の良い時代だったので、退職金もたくさん出た。今は悠々自適《ゆうゆうじてき》の年金暮らしだ。

「そうだな…　たまには付き合うか！」

「そうこなくちゃ！」

父は嬉しそうに、再び自分のグラスに水割りを作った。

「おまえもコップ、持ってこい！」

「おう！　父さん、なに食べたい？」

「おまえが作るモノなら、なんでもいい」

「そうか」

藤代は手早に、サラダ、ハムエッグ、肉野菜炒め、冷奴《ひややっこ》を作り、テーブルに並べた。

「ほう…　おまえ、たいしたモンだな」

藤代も父と対座して焼酎を飲みはじめた。昨夜から飲み通しである。迎え酒だ。ほどなく、酔った。

「おまえ、もう結婚はしないつもりか」

「フッ…、昨夜…女と別れた…」

「そうか」

父と子はシリアスな話は苦手だ。照れくさい。藤代は茶化《ちゃか》した。

「父さんは、おふくろのこと、愛しているのか？」

「ばか…何を突然…」

「いや…、ちょっと訊いてみたくなって…不変の愛って存在するのかって思ってね」

「ふん！　不変なんてぇモノは、この世に存在しねぇ。祇園精舎《ぎおんしょうじゃ》の鐘《かね》の声だって、諸行《しょぎょう》は無常《むじょう》だ、って言っている。夫婦が長年連れ添うのは、お互いが必要だからよ！　おまえ、四十を過ぎて、そんなこともわからねぇのか？」

「そうか…」

「おまえ…、ゆんべ、フラれたんか？」

「フッ…、そんなところだ」

「なーに気取ってる！　大方《おおかた》、おまえがフッたんだろ！　仕事場近くに部屋を借りたのだって、女を連れ込むためだろ！　そんなことばっかやってないで、早く俺に孫の顔を見せてくれ」

「…いいのか？　スグにでも連れてくるぞ」

「ばか！　ちゃんと正規の手続きを踏め！」

そう言うと父は、杯をあおった。藤代もあおり、小さくなった氷を一つ口に含んだ。口の中でポリポリ嚙み砕《くだ》いた。

「おまえはいつまで経っても、子供だなぁ」

父は嬉しそうに目を細め、藤代の作った目玉焼きを口に運んだ。


着メロが鳴った。

いつのまにか二階の自室で寝ていた。熟睡したようだ。四時頃まで父と飲んだ記憶がある。色々な話をしたが、ほとんど覚えていない。

携帯を開け、通話ボタンを押した。

「もしもし…」

蚊《か》の泣くような美和の声だ。

「いまさら…、何の用だ？」

藤代は冷たく突き放した。いまさら話など、ない。話せば許すことになる。

「でも、藤さん、絶対に誤解してる！　私、社長とは本当に何でもないのよ！」

「あの場面を見て、それを信用しろ、と言うほうが無理な話だ。おまえが逆の立場だったらドウだ。信用できるか？　な、美和…　二月にスキー、行ったよな。今思えば、あのときオレに優しさがないって言ったよな。覚えているか？　社長のほうが数倍優しいって言ったのも覚えているか？」

「あれは…　藤さんが、足が痛いっていう私を置いて、一人で滑っていってしまったから…つい…」

「オレが思うに、あの頃からずっと…、あの男と続いていたンじゃないのか？」

美和は絶句《ぜっく》した。ややあって震えた声で答えた。

「ひ、ひどい…」

声が涙で上擦《うわず》っていた。嗚咽《おえつ》が聞こえる。

藤代は女の涙には弱い。聞き入ると、情に絆《ほだ》される。早く切ろうと思った。

「いずれにせよ、もう終わりだ。覆水《ふくすい》は盆《ぼん》に返らない…　オレは美和のことを、もう…、抱けない…」

「うわーッ…」

受話器の向こうで、堰《せき》を切ったような泣き声が響いた。

「切るぞ…」

そう言うと藤代は、携帯を閉じた。

二

八月十四日。

毎年、同じ日に由紀とデートする。同じ時間。同じ場所。

今年で三回目だ。由紀は高校一年生になっている。今年は、苗場《なえば》に一泊旅行である。

もう丸二年が経過した。いつまで続くのだろう… 愛なんて、不変ではない。五日前、藤代は四年間も付き合ってきた美和と別れた。まさか美和に裏切られるとは思わなかった。しかし失ってみると、美和の存在の大きさがヒシヒシと感じられた。

――今後は由紀だけを、本気で愛そう!

藤代はそう思うことにした。

永遠に続くとは思わない。しかし、このお互いの気持ちが潰《つい》えない限り、育《はぐく》むのだ。由紀とは歳が違いすぎる。伴侶《はんりょ》にしようとは、思わない。でも由紀は藤代のことを、真剣に愛している。

美和という箍《たが》がなくなった以上、藤代も真剣に応えることができるのだ。

――もうオレは悪魔なんかじゃない！

純愛である。歳は離れているが、立派な純愛だ。藤代は自身を、そう正当化していた。

藤代のクルマが、いつものスーパーの駐車場に進入した。

ちょうど一時。

由紀はすでに待っていた。

藤代のクルマを確認すると、走り寄ってきた。ドアを開け、助手席に滑り込んだ。

「おっはよう！」

由紀は元気よく挨拶《あいさつ》した。

「おう…」

藤代は、そう答えるとクルマを発進させた。

「どうしたの？　元気ないねー…、失恋でもしたの？」

藤代はドキッとした。冗談であろう。しかし、由紀の無邪気な冗談は、時として図星《ずぼし》を衝《つ》く。

「まさか……、あ、ユキ、頭を低くしろ」

「あ、はいはい！」

由紀は姿勢を低くした。十分はこの姿勢を保つ。首が圧迫されて会話しづらい。藤代は安堵《あんど》した。由紀の洞察力《どうさつ》は鋭い。まるで読心術《どくしんじゅつ》だ。ヘタに答えると、本当に失恋を読み取られてしまう。この十分間に気持ちを入れ替える必要があった。

「さ、もういいぞ」

由紀は姿勢を直した。

「ところでユキ、学校のほうはドウだ？」

藤代は先手を打った。取り留めのない話題を振った。

「うん！　楽しいよ。十日まで毎日部活があったし、秋の学園祭でやる舞台の配役も決まって、今タイヘンなんだ！　二十日からは合宿もやるんだよ！」

「合宿？　どこで？」

藤代は助かった。由紀が勝手に話題を作って、気を逸《そ》らせてくれている。

「もちろん学校でだよ。ちゃんと合宿所があって、そこでみんなと一緒に寝るの。でもクーラーがないからチョー暑いンだって！　あッ…そうそう！」

「なに？」

「みんなと一緒にお風呂に入らなくちゃならないから、今日…剃《そ》ってこなかったけど…　いい？」

「ン…、そういうことなら、仕方ないな…」

「よかった！　怒られたらドウしようかと思っちゃった！」

ニコニコしながら話す由紀に、藤代は次第《しだい》に心がほぐれていった。

由紀と話していると楽しい。先程までの暗さが嘘のようだ。屈託のない笑顔は、天使の囁《ささや》きにも似ている。

すると、藤代の中の悪魔もムクムクと頭をもたげる。

クルマは関越道《かんえつどう》に入った。

「ユキ…、フェラして！」

「え？　大丈夫？」

「命令だ！」

「はい！」

由紀はそう言うと、シートベルトをはずし、藤代のジーンズのベルトをはずしはじめた。藤代も手を添えて手伝った。

屹立した男根が現れた。由紀はスグ口に含んだ。右手はジーンズの上から睾丸のあたりを擦《さす》っている。

藤代はクルマを、真ん中の車線に移動させ、クルーズコントロールを時速百キロにセットし、アクセルから足を離した。左手でハンドルを支え、右手で由紀の乳房を揉んだ。

由紀はミニスカートを穿《は》いていた。藤代の右手は乳房を離れ、スカートをたくし上げた。そしてパンツの中へと滑り込んだ。ジョリッという感触があった。五ミリほど伸びているようだ。中指で陰核を擦った。

「ンンッ…」

由紀はくわえたまま、声を発した。

クルマは関越道を降り、国道十七号を北上した。

猿ケ京《さるがきょう》を越え、三国峠《みくにとうげ》に入った。つづら折《お》りの上り坂に、由紀はキャーキャー言って感動していた。

トンネルを抜け、まっすぐな坂を下ると苗場《なえば》の街並《まちなみ》が現れた。かわいらしいペンションや大きなヴィラ、旅館にホテルに土産物屋《みやげ》…　冬はスキーのメッカ、夏は高原リゾートの苗場に、由紀は歓喜の声を発した。

「ね、ね！　私達、ドコ泊まるの？」

「あれだ」

信号を左折したところで、指差した。

ひときわ大きく、両翼《りょうよく》を広げた鷲《わし》のように聳《そび》え立っているホテルであった。

「うわーッ、おっきいねー　私、こういうトコ泊まるの、初めて！」

「うれしいか？」

「うん！　最高！」

クルマを駐車場に停め、荷物を持ってフロントに向かった。由紀も続いた。

チェックインを済ませ、カードキーを受け取り、部屋に向かった。ベルの案内は断った。なにぶん少女と一緒である。訝《いぶか》る目で見られたくない。由紀はかなり離れて待機させていた。

エレベーター前で由紀と合流した。

「何階？」

「十二階だ」

十二階で降りると長い廊下を歩き、やっと部屋に辿《たど》り着いた。

鍵を開けようとした。

「わ！　カードキーだ！　見るの初めて！　ドラマでしか見たことない！」

「そうか」

一つ一つに感動する由紀が、とても愛しい。大人の女にはないリアクションである。藤代はまだ廊下なのにもかかわらず、思わず由紀の腰に手を回してしまった。

ドアを開けた。

「わ！　すてきーッ！」

そう言うと由紀は、すぐに窓まで走り寄った。

「きれい！　いい眺め！」

それを聞いた藤代は笑いながら、ベッドに腰掛けた。ツインのワンルームであった。狭い。しかし二人には充分であった。

時間はまだ四時前だ。夕食までは、まだ二時間以上もある。

「ユキ、裸になれ！　一緒に風呂に入ろう！」

「うん！」

そう言うと由紀は藤代に抱きついてきた。


夕食は、洋食、中華、和食、バイキングから自由に選べた。二人はバイキングにした。四時から二時間、休みなく愛し合った。お腹がペコペコであった。

二人がテーブルに着くと、ウェイターが飲み物の注文を取りに来た。ワインとビールを注文し、由紀にはウーロン茶をオーダーした。

「そんなに飲んで大丈夫なの？」

「なにが？」

「こ・ん・や！」

「なに！　まだやるのか？」

「当たり前でしょ！　私、外泊、初めてなんだモン！　思いっきり楽しまなくっちゃ！　ユウさん、覚悟しておいてネ！」

「どうしよう…　ワイン、フルボトル取っちゃったよ…」

「あーあ…　しーらない！　がんばってネ、ユウさん！」

二人は、テーブルに乗り切らないほどの食べ物を並べた。

「これ全部食べられるかな…」

「おう！　オレに任せとけ！　さッ、乾杯《かんぱい》しよう！」

「何に？」

「キミのヒトミに！」


由紀は呆《あき》れた。

藤代は全部平らげてしまった。こんなに食べる人は見たことがない。ビールもワインも全部飲んでしまった。

「すごいね、ユウさんって！」

「ああ…　食が細いヤツって、セックスも淡白《たんぱく》だっていうぞ！　オレは夕食には必ず二時間以上はかける。楽しみながら食べるんだ。セックスもそうだ。楽しみながらユキを食べる…。さっきだってそうだったろ？」

「やん！　エッチ！」

「ばか…。ところで、先週の初め、ロッカが泊まりに来たんだったよな。どうだった？」

「ドウって?」

「エッチなこと、しなかった?」

「してないよ…」

「ユキ、目の周り、赤いぞ」

「本当? もう! ユウさんがワイン飲ませるからだよ… ちょっと酔っちゃったかな…」

由紀は本当に少し酔ったようだ。上気《じょうき》していた。

「さ、本当のことを言え」

「ウフッ… 本当のこと? じつはネェ、ちょっとだけ悪戯《いたずら》しちゃった!」

「コイツめ! どんな?」

藤代の顔も赤い。視線もいやらしい目つきに変わっていた。由紀は怪《あや》しく微笑んでみた。小首を傾け、横目で藤代を見つめた。

「お風呂上りにネ、お互いの身体、さわりっこしちゃった!」

「やっぱりな、何かされるんじゃないかとは思ったが…」

「違うよ、私のほうからさわったんだよ。レズって、どんな感じでヤルの? って…」

「なんてヤツだ、このヘンタイ! …それでドウした?」

「もう…　ユウさんこそヘンタイ！　…そしたらネ、ロッカがネ、さわってもイイの？　って聞くの。だから私、ちょっとならイイよって言ったの」

由紀は調子に乗ってペラペラしゃべった。

「そしたらネ、ロッカ、私のパンツを脱がせてネ、さわったの…」

「舐められた？」

「ううぅん、それはなかった…　でも剃毛《ていもう》、見られちゃった…」

「へーえ…、こんどオレも仲間に入れて！」

「だーめ！　だってユウさん、ロッカに盗られちゃうモン！」

由紀はワイン一杯しか飲んでいないのに、だいぶ酔ったようだ。顔が熱い。

「ね…、お部屋に戻ろう？　そして、抱いて？」

「よし…、お仕置きしてヤル！」

藤代はそう言うと、ワイングラスに残った最後の一口を飲み干した。

三

由紀との楽しい旅行も終わり、藤代は夏期講習後半の準備のため、二日間ばかり独りで塾に出勤していた。

後半に使うプリントを作成していたとき、男が一人訪ねてきた。

二十五ぐらいであろうか、目が切れ長で整った顔立ちをしていた。しかし、冷たい目をしていた。

「藤代…さん、ですか?」

「はい…。えっと…」

藤代は怪訝《けげん》そうに、名前を聞き出す素振《そぶ》りをした。

「香田といいます。香田美和の弟です」

「あッ… はい…」

そういえば美和と顔付きが似ていた。弟がいることは聞いていた。しかし会ったこともないし、写真を見たこともなかった。

――いったい何の用だ？

「姉が…　死にました。…自殺です」

「なんだって！」

藤代は大声を出した。目を見開いて口を開けたまま、近くの椅子に崩《くず》れ落ちた。

「今月十四日のことでした…。十五日から毎日こちらに来ましたが、閉まっていましたし、ご連絡先もわからなかったので…、一昨日《おととい》、茶毘《だび》に付《ふ》しました。これは、あなたに宛《あ》てた手紙です…。遺書です。ほかに、私達家族へと勤め先の社長へと、三通ありました。私達家族には、詫《わ》びの言葉しか書いてありません。もう一通も同じでした。この手紙は開封していません。できれば、その内容を教えて戴《いただ》きたい。私達は、姉が自殺する理由がわからないのです。あなたには心当たりがありますか？」

「……」

藤代は言葉が出なかった。驚きと後悔の念で、胸が詰まりそうであった。

「あなたのことは、私がまだ学生の頃、姉から聞いて知っていました。でも、まだ姉と交際していたとは知りませんでした。このゲレンデで写っている二人の写真の日付でわかりました…。もし…、何かを話してくださる気になりましたら、ご連絡ください」

そう言って美和の弟は、自分の名刺と写真数枚を差し出した。

〈香田真司〉と書かれていた。大手食品メーカーに勤めているようだ。数枚の写真には、羊蹄山《ようていざん》を背景に二人で微笑んでいる姿もあった。

藤代は、どうにか頷き、香田を帰した。

——なんということだ…　美和が…美和が、自殺…　オレは美和まで殺してしまったのか！　ましてや十四日とは！　由紀との記念日が、美和の命日になるとは！

藤代は気が変になりそうであった。

——では…、では、美和は、やはり潔白《けっぱく》だったのか！　死んで身の潔白を証明したかったのか！　オレはなんて浅はかなんだ！

藤代は頭を抱《かか》え込んだ。

白い封筒を手に取った。表に〈藤代裕一郎様〉と書かれていた。ハサミで丁寧《ていねい》に封を切った。

便箋《びんせん》四枚に、綺麗な字で綴《つづ》られていた。

——藤さん

藤さんがこの手紙を読んでくれているときは、私はもうこの世にはいません。

私は、藤さんと出逢うことができて本当に幸せでした。

今、こうして考えてみると、私がわがままだったのかもしれません。

藤さんに迷惑ばかりかけていたような気がします。

ごめんなさい。

こんなバカな女と、四年間も付き合ってくれて感謝しています。

藤さんと初めて行った北海道旅行、とても楽しかった…。

この思い出は、私の宝物です。


藤さん…、藤さんのことを想うと、いつも胸が張り裂けそうになります。

藤さんの笑顔…、とても素敵でした。いつも私に元気を与えてくれました。


なのに…、バカな私は藤さんをとても、とても怒らせてしまった…。

くやんでもくやんでも、くやみきれません…。

なぜあの日、社長を部屋に入れてしまったのか、自分の愚かさに笑ってしまいます。

あの日、社長から、新しいお店を出すので、そのお店も私に任せたい、と言われました。

私はとても嬉しくなって、つい、お酒を飲んでしまい、気持ちが悪くなってしまいました。

それで社長が部屋まで送ってくれたのです。

そして私は社長を部屋に入れてしまいました。

藤さんに、不快な思いをさせてしまいました。

本当に、本当にごめんなさい。


藤さん…、一人で死ぬのは、とても恐いです。

でも…、一人で生きていくには辛すぎます。毎日が辛《つら》くて苦しくて、私には耐えられないのです。

弱い女だと笑ってください。


最後に、一つだけ、お願いがあります。

おそらく私の家族が、お墓を建ててくれるでしょう。

藤さん…、一度でいいですから、お参りにきてくださいね。

そしてそのとき、「美和、愛していた」と一言だけ、言ってくれませんか?

それだけで…　私は…　幸せです。

誰にも迷惑を掛けないつもりで逝きたいのですが、おそらく大家さんには迷惑を掛けてしまうことになりそうですね…。

では、藤さん…、私が、本当に愛した藤さん…、さようなら。

美和

藤代は涙が止まらなかった。

やはり美和は潔白だったのだ！　なのに藤代は美和だけを責めた。そして釈明《しゃくめい》も聞かずに電話を切った。なんて愚《おろ》かなことを！

——オレが由紀と苗場で楽しんでいるとき、美和はこんなにも苦しみながら、ひっそりと逝ったのか…

藤代は溢れる涙を拭《ぬぐ》わず、窓の外を見た。夕暮れが塾を包み込んでいる。ヒグラシの声が哀《かな》しげに歌っていた。

由紀の実家は神奈川の藤沢であった。

藤代は香田真司と会った。香田家の菩提寺《ぼだいじ》に案内してもらった。道すがら、美和との出会いから現在までの概略《がいりゃく》を真司に話した。

「そうでしたか…」

真司は納得《なっとく》がいったのか、顔に不快感はなかった。

「これが、その手紙です」

真司は手紙を受け取り、読んだ。

「すいません、ちょっと失礼します」

そう言って真司は脇道に入った。おそらく泣いているのだろう。ややあってから腫《は》れた目で真司が出てきた。

「どうも失礼しました。やはり読むとツラいですね。これはお返しします。これで私達も納得しました。姉はあなたのことが本当に好きだったのですね…」

真司はそう言うと、早足に歩き出した。

菩提寺に着いた。

「では、私はここで失礼します。まだ卒塔婆《そとば》ですが、姉と話をしてきてください」

そう言うと真司はきびすを返した。

住職を訪ね、香田家の墓に案内してもらった。丁寧《ていねい》に礼を言い、一人になった。

真新しい卒塔婆に、美和の戒名《かいみょう》が書かれていた。

「美和……」

藤代はしばらく立ち尽くしていた。

やがて膝を折り、その場に座り込んだ。手をつき、うずくまった。そして嗚咽《おえつ》した。やがてそれは慟哭《どうこく》に変わった。

「みわーッ！　オレを許してくれーッ」

お盆の時期も過ぎた二十日の夕方、人出は少ないとはいえ、数人の人が藤代を見ていた。

藤代はかまわず泣きじゃくった。

四

十月初頭。

藤代は赤坂のホテルに来ていた。

亥銀の結婚披露宴《ひろうえん》が、そろそろ始まる。

亥銀は、参列者に高校の恩師も呼んでいた。藤代も同じ高校だったので、その教師を知っていた。藤代から近寄り、丁寧に挨拶をした。その教師は、藤代を覚えている、と言ったが、あやしいものだ。藤代はだいぶ、高校時代とは外見が変わっていた。

二人は主賓席《しゅひんせき》に案内された。丸い大きなテーブルに、他四人の主賓が座っていた。

披露宴が始まった。

亥銀と梨沙がウェディングマーチとともに入場してきた。二人とも顔がこわばっていた。

藤代は亥銀と目が合った。冷やかすような視線を送った。亥銀は照れたように笑った。

――いい気なものだ！　由紀を誘惑しておいて！

しかし藤代はそのことについては、一切触れてはいなかった。藤代が知っているのもおかしな話だし、亥銀との仲もギクシャクしてしまう。

――しかし、この結婚で由紀への誘惑もなくなればいいが…

梨沙にしっかりと管理してほしいものだ。藤代はそう思いながら、乾杯のためグラスに注がれるシャンパンの気泡を目で追っていた。

式次第はケーキカットに入った。

カメラが一斉に二人に群がった。はたから見ると砂糖に群がる蟻《あり》だ。藤代は隣の教師との会話にも飽き、タバコに火を点けた。

——美和…

美和のことが頭をよぎった。

由紀とは、あの苗場以来、逢っていなかった。美和の一件もあり、藤代は由紀に逢う気になれなかった。由紀は由紀で学園祭のため、演劇部の特訓が続いていた。それと体育祭も加わり、日曜などは逢える状態ではなかった。藤代は、むしろホッとしていた。

美和のことが忘れられなかった。

本当に大切なものは、失ったとき初めてわかる。まさに美和がそれである。藤代は今まで、美和と由紀をオモチャにしていただけだ。真の愛を見失っていたのだ。美和の手紙を読んだとき初めてそれに気付いたのだ。

だが今となっては、もう遅かった。

——オレはこれから、どうすべきなのだろう…

由紀と別れるべきなのだろうか、それとも逆に由紀を愛し抜くべきなのだろうか。藤代は悩んだ。美和のことが頭から離れないのである。

美和は、あのアパートの浴室で、独りで黄泉《よみ》の国へ旅立ったという。浴槽に水を張り、ためらい傷を数箇所残し、左手首をザックリ掻き切ったのだ。浴槽の水は、真っ赤になっていたという。

藤代は目を閉じた。美和がかわいそうすぎる。なぜもっと美和を理解してやれなかったのか…。思うのは、後悔の念ばかりである。

「藤代君、どうした！　元気がないぞ！」

隣の、すっかり出来上がった教師が声を掛けた。

「いいえ、そんなこと、ないですよ」

そう言って、藤代はグラスを持ち、高校教師にビールを注いでもらった。

亥銀と梨沙が嬉しそうに笑っている。もしこの世に、勝者と敗者があるのなら、梨沙が勝者で、美和が敗者なのか？　バカな！

藤代は、本当は逆だ、と思った。梨沙と結婚する亥銀は、由紀のことも気に掛けている。梨沙は亥銀から真の愛を受けてはいない。しかし、死んだ美和は、藤代の心の中に入り込み、完全に藤代を占領している。今の藤代は、美和への想いでいっぱいである。おそらく一生、その想いは消えないだろう。

不思議なものだ。二年前、藤代は美和のことが嫌いになりかけた。そして、由紀を愛した。それが今や、完全に立場が逆転している。ほとんどの人間は…、失えば、欲する。常にあるものは、欲しない。なんと天《あま》の邪鬼《じゃく》な動物であろう。

亥銀は明日からアメリカへ行くという。新婚旅行だ。高校時代に留学していたホストファミリーに、嫁さんを見せに行くのだという。かってにしろ、と思った。だが、生徒には手を出すなよ、真田やオレみたいに不幸になるぞ、と心で叫んでいた。

五

由紀は怪訝《けげん》そうに携帯電話を眺めていた。

もう九月も終わってしまう。苗場から帰って以来、藤代と逢っていない。メールの返信も週に一回ほどだ。由紀が、日曜日も部活で忙しかったのも理由の一つだが、八月の夏期講習終了時の休みとか、九月の連休とか、逢おうと思えば逢えたはずである。

文化祭も先週終わり、由紀には時間ができた。藤代に逢いたくて仕方がない。三日前メールを送ったのに、その返事がまだ来ない。

由紀は携帯を閉じた。

もう一ヵ月半も藤代と逢っていない。今までは部活に集中していたので、何とか気が紛《まぎ》れていたが、時間ができると無性に逢いたい。

——まさか私を嫌いになったわけじゃ…

苗場で酔ったとき、ロッカと悪戯《いたずら》したことを藤代に話した。そのことを怒っているのだろうか？

——まさか！　ネ！

由紀は自室の鏡に向かって語り掛けた。

——だって、そのあとホテルの部屋で、また愛し合ったンだもん！

由紀はあのときのことを思い出しただけで身体が火照《ほて》り出した。

あのとき藤代は由紀に、お仕置きだ、と言ってホテルの浴衣の帯で両手を縛った。そして激しく由紀を貫《つらぬ》いた。由紀は喘《あえ》ぎながら、ごめんなさい、と繰り返し言った。言うなれば、折檻《せっかん》プレーだ。しかしセックスが終わり、添寝《そいね》すると、いつもの優しい藤代に戻った。そしてロッカのことを根掘《ねほ》り葉掘《はほ》り訊いた。オレにも会わせろ、と繰り返し言っていた。しつこいくらいに。

だから、ロッカのことで藤代が怒っているとは考えられない…。

では、どうして逢えない？

藤代は、七月に真田が死んだので、その分の授業数が増えた、と言っていた。だから平日は逢えなくなったという。しかし、祭日は休みだ。逢えた筈《はず》である。

――女か！

新しい女ができたのであろうか。考えてみたら、藤代のような絶倫男《ぜつりん》が一月半もセックス抜きの生活ができるのだろうか。そう考えると、すべて合点《がてん》がいく。

――そんな…　もし、そうならドウしよう…

由紀はあせった。でも確かめるべきなのだろうか…　以前、由紀は浮気ならしてもいい、と藤代に告げていた。ただし、由紀にはわからないようにしてほしい、とも付け加えた。では、これは浮気ではないのか！　本気なのか！

――ユウさん、ユウさん…　私を嫌いになったの？

どうしたらいいのか由紀にはわからなかった。ただ藤代からの返信を待つより他はない。

由紀の目から涙が溢れた。ベッドに倒れ込み、嗚咽《おえつ》を繰り返した。

十月に入り、やっとメールが来た。学校説明会等で忙しいという。十四日なら逢えると書いてあった。由紀は溜息をついた。丸二ヵ月逢わないことになる。藤代はもう逢いたくないのだろうか。

不安を抱え、毎日を悶々《もんもん》と過ごした。

「どうしたの？　由紀ちゃん、元気ないよ」

六波羅花美が笑顔で肩をたたいた。由紀よりも身体が大きく、大柄《おおがら》な感じだ。綺麗な二重《ふたえ》の目は大きく見開かれ、物怖《ものお》じしない態度は、由紀と似ていた。

「ロッカ…　実はね…」

二人は同じ演劇部である。授業が終わり、これから部室に行こうとしていた。

由紀は、最近の藤代のことをロッカに相談した。

「なるほどね…　で、由紀ちゃんは、まだそのユウさんのこと、好きなんでしょ？」

「もちろん…　だから、つらいんだよ…」

「でも、十四日に逢おうって言ってきたんでしょ？　だったら、ユウさんを信用して待ってみたら？　案外、本当に仕事で忙しいだけかもしれないよ。…自分の教え子の先生が死んじゃったわけでしょ？　たぶん、色々あったんじゃないかな？　だから、逆に由紀ちゃんが、慰《なぐさ》めてあげる！　っていう感じで逢いに行ったら？　由紀ちゃんお得意のフェラで慰めてあげる！　って」

由紀は笑った。ロッカは優しい。同い年なのにとても大人っぽい。一人っ子の由紀は、まるで、お姉さんに相談したような錯覚《さっかく》を感じた。

六

由紀は駅の改札口を抜け、階段を降りようとしていた。

「桜井！」

後ろから声を掛けられた。振り向くと、亥銀であった。

「あ、こんにちは！　どうしたんですか？　こんなところで…」

「いや、これから塾なんだよ。桜井こそ、今帰り？　早いね」

「ええ、今日は部活がなかったんですよ。だから、たまには早く帰ろうと思って」

金曜の四時を過ぎたところだ。明後日《あさって》には藤代と逢える。二ヵ月ぶりに藤代と逢うのだ。ちょっと恐い気もするが、ロッカに言われたように、自信をもって行こう、と思った。もし、由紀を嫌いになったのなら、部屋に来い、とは言わない筈《はず》である。

「オレ、まだ授業までには時間があるんだ。よかったら、そこのファミレスでお茶でも飲まない？」

「え…　いや…」

「なに？　急いでいるの？」

「いえ、そういうわけじゃ…」

由紀は慮《おもんぱか》った。亥銀は結婚した筈《はず》だ。ここでしっかり断らなければ、今後も誘ってくるかも知れない。由紀はハッキリと、好きな人がいる、その人と付き合っている、と亥銀に告げようと思った。

「いいじゃん、ちょっとだけ！」

「じゃあ…、ちょっとだけ…」

二人は並んで階段を降りて、ファミレスに向かった。


由紀はチャイムを鳴らした。

ドアが開いて、由紀は入った。茶色のミニスカートに薄手の黒いセーターを着てきた。もう冬の装《よそお》いだ。苗場の夏から、ちょうど二ヵ月が経過していた。

「ひさしぶり！」

淡いブルーのバスローブを着た藤代が、微笑んでいた。由紀は泣きそうになった。だが、グッと堪《こら》えた。

「うん、ひさしぶり！」

笑顔で言った声が震《ふる》えていた。藤代は悟《さと》ったのか、立ったまま由紀を抱き締めた。由紀は涙を堪《こら》えきれなくなった。身体を震わせた。

「ユウさん、ユウさん…逢《あ》いたかったよーッ！　ずっと、ずっと…いつも、いつも…ユウさんのことしか考えられなかったよーッ！」

そう言って由紀は泣きじゃくった。藤代のバスローブは、涙と鼻水でグシャグシャになった。

藤代はただ黙って、強く、強く抱き締めてくれた。

――やはりオレにはできない…

藤代は、そう思った。こんなにも愛してくれている由紀と、別れるなんてことはできない。

藤代は、美和が死んでから悩んだ。自分のせいで二人も自殺している。やはり自分は悪魔なのだと思った。直接手を下さなくても、殺したのと同じだ。このまま悪魔の所業《しょぎょう》を続けたら、また死者が出るような気がした。

ならば、由紀とは別れたほうがいいのではないか？　別れて、美和を弔《とむら》って生きていくのが正道ではないのか？

自問自答したが、答えは出ない。由紀からはメールが来る。藤代も返信する。しかし心は、揺《ゆ》らいだ。

由紀はかわいい。藤代好みの女になっている。何も疑うことなく藤代のことを信じている。今別れたら、由紀も死を選んでしまうかもしれない……。

結局、由紀を呼んでしまった。

もう後戻りは、できない。

藤代は由紀を抱きしめながら、美和に詫《わ》びていた。

——すまない、美和……　オレは由紀と生きていく。だが、決して美和のことは忘れない。

そう心で叫び、いっそう強く由紀を抱きしめた。

七

一年半が過ぎた。

由紀は高校三年になっていた。

由紀の成長は著《いちじる》しかった。完全な「女」になっていた。美しさと気品を兼ね備え、藤代の目を魅了《みりょう》した。眼鏡も外し、コンタクトにしている。肌には張りがあり、肌理《きめ》もこまやかである。乳房も大きく張り出し、完璧な「大人の女」になった。

今年は、大学受験の年である。

二年生のとき、親友のロッカとともに部活に力を入れすぎた。舞台では主役を演じ、学園祭や演劇コンクールで活躍した。そのときのビデオは由紀の宝だ。

しかしその反動で、学力は低下した。夏までに、その遅れを取り戻さなくてはならない。藤代は自分の塾生の受験よりも、由紀の受験を優先させた。大学の資料を集め、偏差値も調べた。さらに学習法を伝授し、それに対するノルマも与えた。

由紀は私立を受験することにした。どうしても理数で点がとれない。国公立は諦《あきら》めざるをえなかった。

その点ロッカは如才なく、偏差値は高いらしい。志望校も国立である。由紀はロッカを尊敬した。

「すごいと思わない？　ロッカって！」

「ああ、由紀も見習え！」

「はーい…」

シャワーを浴びてきた由紀は、裸のままベッドに横たわった。藤代もバスローブを取り去り、裸になって由紀の隣に寝転んだ。

由紀が顎を突き出した。藤代は由紀の唇を吸った。

二人は昨日、都内へ行き、映画を見てきた。盲目のスーパーヒーローのアクション映画であった。ゴールデンウィークの二十九日である。毎年の恒例になってしまった。藤代の塾はゴールデンウィークの間、休みである。だから由紀は今日、学校の帰りに藤代の部屋に来た。

時間は五時を過ぎていた。由紀は七時に帰る予定だ。

藤代は急いで由紀を抱いた。慌《あわ》ただしいセックスであった。

「ね、今度はイツ逢える？」

制服を着ながら由紀は尋ねた。藤代はバスローブを纏いながら、由紀を見つめた。制服姿が悩ましい。

「このゴールデンウィーク中に逢おう。四日か五日あたりどうだ？」

「ホント？　やったぁ！」

そう言って由紀は藤代に抱きついた。

八

夏になった。今日は真田《さなだ》の命日だ。

七月の梅雨空に、灰色の雲が垂れ込めていた。雲の動きは速かった。時の流れに似ている。藤代はそう感じた。

藤代は由紀を愛していた。親子ほどの歳の違いは、今は感じない。美和のことは、時間の経過とともに、段々薄れてきた。美和が死んでから、来月で二年になる。それだけ由紀への想いが、強くなったということだろうか。由紀との付き合いは、来月で四年だ。美和と過ごした年数と同じである。

藤代は八月十四日には、必ず美和の墓に赴《おもむ》いた。新しい墓石に花を手向《たむ》け、美和に詫びる。自分に課した義務であった。

由紀との記念日は、翌十五日にデートすることにした。由紀は理由を訊かなかった。由紀のことだから、何かを感じたのかもしれない。

藤代は、ふと美和と過ごしたアパートに行ってみたくなった。

クルマを、かつての駐車場に入れようと思った。しかし、そこには小さなマンションが建っていた。道端にクルマを停め、アパートに向かった。

人が住んでいるようだ。二階の窓に洗濯物が干してあった。男物のようだ。

藤代は、きびすを返した。

クルマを走らせた。美和の顔が脳裏に浮かんだ。笑顔だ。スキーへ行ったときの写真の顔であった。やがてその顔が泣き顔に変わった。

気が付くと、藤代も泣いていた。あわてて涙を拭いた。

交差点で止まった。赤信号である。やや渋滞していた。もう塾の近くである。時間は四時近かった。藤代は、何気なく道路脇のファミレスに目をやった。

その目が凍りついた。

窓際の席に、亥銀がいた。相対《あいたい》して由紀の姿があった。

藤代は目を見開いた。

――どういうことだ！

クルマは、ノロノロとその前を通過した。亥銀も由紀も、楽しそうに笑っていた。まるで恋人同士のように。

由紀と最後に逢ったのは五日前だ。そのとき亥銀のことについては、何も触れていなかった。二年前、決して亥銀とは二人きりにはならないと約束した筈《はず》だ。

――ならば、どうして…

藤代はクルマを駐車場に入れると、塾に向かった。今日は亥銀の授業がある日だ。問い質《ただ》してみよう、と思った。


授業開始時刻十分前になっても来ない。藤代は苛立《いらだ》った。

ギリギリになって、亥銀は走り込んできた。

「申し訳ありません！　クルマが渋滞にはまって！」

「なにやっているんだ！　もう授業始まったぞ！　どこへ行っていた！」

「いや、家から直行ですよ！　スイマセン！　今すぐ授業に行きます！」

それだけ言うと、亥銀は教室に消えた。藤代は訝《いぶか》った。なぜ秘密にする必要がある…。

亥銀は結婚して、もうすぐ二年になる。嫁さんには飽きたのか。それとも、もっと前から由紀と会っていたのか？

藤代は嫉妬の炎が揺らめくのを感じた。

——そう考えると…

五日前、由紀と逢ったとき、キスの仕方が、いつもの由紀と少し違っていた。由紀のキスは、とても過激だ。藤代の舌を強く吸い、その次に自分の舌をベロッと入れてくる。しかしその日は、舌を入れてこなかった。「ユキ、舌を出せ」と藤代が催促《さいそく》したくらいである。何でもないことのようだが、今にしてみると腑《ふ》に落ちない…。

——いや、早合点はやめよう。美和のときのようにオレの誤解かもしれない…

藤代は、由紀を信じようと思った。こんど逢ったとき訊けばいい。由紀は藤代を裏切ったりはしないはずだ。亥銀が隠すのには、なにか理由があるのかもしれない。

こんど由紀と逢うのは、十二日の日曜であった。


藤代はメールを受信した。由紀からだ。十二日は、家族と出掛けることになったという。十九日の日曜ではだめか、という内容であった。

藤代は、了解した、と返信した。だが…。

——いよいよもって、おかしい…

今まで由紀の方から断ってきたことは、ない。十日以上逢えないと、ダダをこねるほど由紀は藤代のことを愛しているはずである。それなのに二週間以上も逢えないことになるのだ。

——亥銀に問い質《ただ》すか…

いや、軽挙妄動《けいきょもうどう》は避けたほうがいい。美和のときの二の舞になる可能性がある。ここは辛抱《しんぼう》して、十九日まで待とう。

そう思い直し、藤代は夏期講習 の準備に勤《いそ》しんだ。

九

七月十七日。

夏期講習前の保護者会を翌日に控え、藤代は疲れた身体で帰宅した。

軽く外で食事を済ませ、部屋に入るなりそのままベッドに横になった。明日の保護者会の次第《しだい》を漠然《ばくぜん》と考えていた。そのとき、メールを受信した。由紀からであった。

〈ユウさん、

ゴメン…やっぱり日曜、行けない。別れてほしい…。

こんなことメールでいうのは卑怯《ひきょう》なことはわかっている。

でも、伝えないと勉強が手につかない…〉

藤代は愕然《がくぜん》とした。まさか由紀から別れを告げられるとは、思ってもみなかった。あれほど藤代を愛していた由紀である。それが、手の裏を返したように突然…。

最後に逢った日だって、お互い激しく求め合ったはずである。由紀は藤代の精子を、喉を鳴らして飲んでいたのだ。腑に落ちないのは、最初のキスだけであった。

藤代には理由がわからなかった。四年間も付き合ってきたのだ！　十三歳の頃から十七歳まで！　その間、由紀は藤代好みの女に調教され、藤代色に染められた。ほかの男では絶対に満足できないはずである。しかし…。

——亥銀は、それほどまでにイイのか…

結論は、やはりそこにきた。それ以外は考えられない。由紀は初めて亥銀を見たとき、カッコいいと言った。もし藤代がいなかったら、惚《ほ》れるとも言った。そして二人には、演劇という共通の話題がある。亥銀に惹《ひ》かれても不思議はない。

藤代は亥銀のことが憎かった。藤代が手塩に掛けて育てた由紀を、あっさりと攫《さら》っていってしまった。

藤代は、上等だ、と思った。受けて立とう、と思った。男の矜持《きょうじ》があった。藤代は少し酒も入っていた。すぐにメール返信した。

〈ユキ、

わかった、別れよう。

よくオレのような者と4年間も付き合ってくれた。

ありがとう…。

もう、二度と塾へは来るな〉

寂寥感《せきりょうかん》が渦を巻いた。本当に、もう由紀とは逢えないのだろうか…。にわかには信じられない。メールだと現実感が、まったくない。狐《きつね》につままれた感じである。本当にこれで別れてしまったのだろうか。もう二度と、逢わないでいられるのだろうか。

藤代はベッドにうつ伏せになり、しばらく身動《みじろ》ぎもしなかった。

第9章　愛

一

保護者会を、どうにかやり終えた。

昨夜は、ほとんど寝ていない。由紀のことを考えると、眠れなかった。輾転反側《てんてんはんそく》を繰り返していた。眼は充血している。

保護者からは、受験について色々な質問を受けた。藤代は、しどろもどろな答え方しかできなかった。寝ていないので、頭が働かなかった。保護者の何人かから、冷たい眼差《まなざ》しを受けた。

重い足を引き摺《ず》って、帰宅した。

明日は本来、由紀が来るはずの日であった。

藤代は、由紀との思い出が多いこの部屋にはいたくなかった。しかし、どこにも行く気になれなかった。食欲もなかった。誰とも話をしたくなかった。酒すら飲みたくない。

胃がおかしくなっていた。おそらく心因性《しんいんせい》の胃炎であろう。痛くて、痛くて仕方がない。

——オレは、これほどまでにユキを愛していたのか…

藤代は、実家にも帰る気になれなかった。明日から、海の日を入れての連休である。しかし藤代は、誰とも話をしたくなかった。

部屋に入ると、電気も点けずにベッドに転がった。この部屋は由紀との思い出が多過ぎる。藤代は目を閉じた。疲れていた。ぐっすり眠りたかった。


ウトウトと、少しまどろんだ。

しかし、すぐに目が覚める。藤代は、胃を押さえて転げまわった。胃が痛い。今日は吐き気もする。由紀が来るはずであった日曜日も、もう終わろうとしていた。金曜の晩から、何も食べていない。危険な状態であった。

——ユキ…、なぜだ、なぜ亥銀の元に行く…

金曜の夜から、考えることはそれだけであった。なぜ…　なぜ!　ナゼ!

月曜の朝方になって、藤代は鬱《うつ》になっていると自覚した。非常に危険な状態だ。何かを食べなければ…。

アミノ酸の一種、トリプトファンが不足すると、鬱《うつ》になりやすいという。脳内物質のセロトニンの分泌がなくなり、安らぎ感が得られなくなる。つまり精神状態が安定しなくなるのだ。トリプトファンは、牛乳とバナナに多く含まれている。

藤代は冷蔵庫をあさった。牛乳もバナナもなかった。漬物《つけもの》と缶ビールだけであった。冷凍食品のピラフがあった。レンジに入れた。五分で出来上がった。スプーンと水で、腹に流し込んだ。

途端に吐いた。そのうえ胃痛が激しくなった。

藤代は、のた打ち回った。この苦痛から逃れたかった。そのとき！

突然美和の顔が、暗闇に浮かんだ。空間に漂っている。その顔は、微笑んでいた。

——美和は、この苦しみを…　味わったのか…

そうだったのか…。これは美和の復讐《ふくしゅう》だったのか！　思えばあの日、美和のアパートを見に行った帰りに、由紀と亥銀の姿を目撃したのだ。これは美和が教えてくれたことだったのか…。

藤代は、美和があのアパートの中で苦しみ、のた打ち回る姿を想像した。涙が溢れてきた。美和の美しい顔が窪《くぼ》み、食事も取れずに痩《や》せこけ、髪を振り乱して、のた打ち回る。おそらく、美和も鬱《うつ》になったのであろう。あの美しい顔が、やがて幽霊のようになる。そして美和は、手首を掻き切ったのだ！

——わかったよ、美和…　オレも逝《ゆ》くよ…　美和の所へ…

藤代は不思議と冷静になった。死に対しての恐怖もなかった。

もう、夏期講習のことも生徒達のことも、塾のことも、藤代の頭にはなかった。

「美和、それと真田…、オレは今からオマエ達の所へ行くよ。オマエ達を殺した悪魔は、やはり地獄へ落ちるべきなんだよな…。でも、地獄へ行っちゃったら、オマエ達と会えないかもな…」

藤代は声に出して呟《つぶや》いた。

やがて震える脚で立ち上がり、クローゼットの中から、ダイビングのとき使うジャックナイフを取り出した。そして、そのままフラフラッとベッドに行き、転《ころ》がった。

——七月二十日、海の日か…　悪魔の命日にしては、悪くない日だ。

…ではユキ、これでさよならだ。オレは女々《めめ》しい男だとは思われたくない…。だから、美和のように手紙は書かない。

…亥銀、ユキのことは頼んだぞ！　オレは、美和のもとに逝く！

藤代は、ジャックナイフを首に近付けた。

両方の手で柄《つか》を握った。

——美和…

再び美和の顔が浮かんだ。結局、藤代が本当に愛していたのは美和だったのか…。

「ンあッ!」

気合とともに藤代は両手に力を入れた。ナイフが、喉仏《のどぼとけ》の下に突き刺さった。

温かい血が、勢いよく噴き出した。それほど痛みは感じなかった。痛覚《つうかく》も麻痺《まひ》しているのだろうか…。

カーテンを閉め、部屋を暗くしてあったので、色はよく見えない。しかし、血は水鉄砲のような勢いで噴き出ている。

——オレのような男の血でも、温かいンだな…

藤代は、薄れゆく意識の中で、由紀と美和が二人そろって微笑みかけている姿を見た。由紀は中三のときの姿であった。とてもかわいらしかった。そして美和は北海道に行ったときの姿だ。とても美しい。二人とも笑っていた。藤代も笑いかけた。しかしその姿は、段々と薄れていった。

玄関のチャイムが聞こえた気がした。

——ユキが来た… 出なきゃ…

由紀など、来ない。空耳だ。藤代は、もうほとんど意識がなくなりかけていた。

二

十九日、日曜…。

由紀は乳房を吸われていた。右の乳房を吸われ、左の乳房は撫《な》でまわすように、優しい愛撫が続く。

「あッ…」

由紀はたまらず声をあげた。やがて由紀は大きく脚を広げられた。そして亀裂を、舌で優しく掬《すく》い上げられた。そして陰核を覆《おお》っている包皮を、指で剝《む》かれた。

陰核が露出する。それを吸われた。

「はうッ!」

由紀は、また声をあげた。

「ダメだよ… 由紀ちゃん、大きい声を出したら、下にいる家族に聞かれちゃうよ… 声を、殺してネ」

ロッカは優しく諭すような口調で言った。

「だって…　ロッカの愛撫、優しいんだモン…　すっごく感じちゃうよ」

「フフッ…　ユウさんよりも？」

「うん…　ユウさんは、やっぱり男の愛撫。ロッカのように優しくはないよ」

「でも、何回もイかされたンでしょ？」

「うーん…　そう、かな？　でも今はロッカが一番好き！」

そう言うと由紀は、ロッカにキスをした。お互いに優しく舌を絡ませあった。

由紀は六波羅花実《ろくはらはなみ》の家に来ていた。かなり大きな家である。今夜は泊まる予定である。ロッカの部屋は二階なので、よほど大きな声を出さない限り、下まで聞こえることはない。

しかし、藤代によって開発された由紀の身体は、とても感度が良い。だから、ひとたび感じ出すと声を殺すのに一苦労である。


由紀とロッカは、この六月から付き合いはじめた。それまでは親友同士であった。しかし六月の中旬にロッカの家へ泊まりに行ったとき、ロッカから悩みを告げられた。

ロッカの家族と夕食を済ませ、ロッカの部屋で雑談をした。すると、それまで明るかったロッカの顔が、段々と曇ってきた。

「どうしたの？　ロッカ、何かあったの？」

いつもと違うロッカの様子を見て、由紀は尋ねた。始めのうちは、なんでもないよ、と言っていたロッカだが、突然大粒の涙を落とした。

「なんでもないわけないじゃない！　理由《わけ》を話して！　私達、親友でしょ？」

由紀にやさしく言われて、ロッカは静かに話しはじめた。

「実は…　叔母さんが…　癌《がん》なの…　もうすぐ…　死んじゃうの…」

そう言うとロッカは、両手で顔を覆った。そして身体を震わせた。

「ロッカ…」

そう言うと由紀はロッカを抱きしめた。いつも優しく穏やかなロッカが、小さな子供のように感じる。由紀はロッカの頭をやさしく撫《な》でながら言った。

「ね、ロッカ…　くわしく話して。私にできることなら何でもするから…」

ロッカは身体を震わせながら頷くと、涙を拭《ふ》き、呼吸を整え、静かに語りはじめた。

「乳癌《にゅうがん》…なの…　ほかにも転移してるの…　あと半年、もたないって…」

ロッカと叔母は一ヵ月ほど前、都内のビジネスホテルで褥《しとね》を交《か》わした。そのとき、ロッカは叔母の胸を揉んだ。深く大きく揉んだとき、左胸奥に小指大のシコリようなものがあった。ロッカは気になったので、それを叔母に言った。「検査に行ったほうがいいよ」と付け加えた。言われて叔母は病院に行ってみた。

その結果が、数日前に出た。身体全体を癌細胞が侵食していた。告知されたのだという。二人で泣いた。ロッカは嘆《なげ》いた。この世の終わりを感じた。

「だから、もう私…、生きていたくない…」

そう言ってロッカは、嗚咽《おえつ》を繰り返した。

「だめだよ、ロッカ！　そんなこと言っちゃ…」

由紀は再びロッカを抱きしめると、ベッドにいざなった。

ロッカにやさしくキスをした。ロッカは、涙目で由紀を見つめた。由紀は再び唇を重ねた。ロッカを愛しく感じた。

どちらからともなく服を脱いだ。そして抱き合った。由紀はロッカの首筋から胸にかけて、唇と舌を這わせた。藤代に倣《なら》い、ときには強く、ときには弱く、ロッカの乳首を吸った。乳首は由紀よりも大きかった。由紀も藤代に四年間も吸われつづけたせいで、かなり大きくなっていたのだが…。由紀は、赤ちゃんが母親に甘えるように、ロッカの顔を見つめながら、それを吸った。

そして、かつて自分が藤代にされたように、舌先を転がしてみた。やがてロッカの顔からは涙が消え、陶酔《とうすい》の表情に変わった。

七月十九日は日曜ということもあって、二人は朝早くから逢っていた。映画を見て、買い物をして、そして三時頃ロッカの家に帰った。二人はロッカの部屋に入ると、すぐに愛し合った。

ロッカの愛撫は、とてもやさしい。藤代の荒々しさも好きだったが、ロッカの優しさは、由紀を癒《いや》す。ロッカに包まれていると、心の傷を癒されているようだ。

だが藤代のようなテクニックは、まだロッカにはなかった。

「ねぇ…、ユウさんとは、本当に別れたの？」

癒しのセックスが終わり、ロッカが尋ねた。由紀はロッカの胸を触《さわ》りながら答えた。

「うん…、一昨日《おととい》の夜、メールを送った…」

「由紀ちゃんは、本当に、それでいいの？」

「うん、もう決めたンだ！　ロッカだけを愛すって！　ユウさんは、たぶん…　私がいなくても平気だよ。私の他にも、女の人がいると思うし…」

「え？　それって…　二股《ふたまた》だったの？」

「うーん…　はっきりとは、わからないけど…　たぶん、ネ…」

由紀は二年前を思い出していた。

藤代と二ヵ月ほど逢わなかった時期…。由紀が高校一年のとき、二人で苗場に行ったあとのことだ。お互い忙しくて逢える日が折り合わず、二ヵ月間も逢わなかった。その後、藤代と逢ったとき、由紀は他の女の人の影が見えた気がした。ときどき藤代の様子に陰りがあった。二人で笑っているときも、藤代は、ふと哀しげな表情をすることがあった。由紀は、確かめるのが恐くて、何も訊けなかった。訊いてしまったら、「愛」が壊れてしまうような気がした。由紀は藤代のことを本当に愛していた。もし浮気したならば、それでもいいと思っていた。逆に、浮気であってほしいと思った。藤代から別れの言葉は、訊きたくなかった。

しかしそれでも、いったん疑念をもつと、その疑心《ぎしん》は暗鬼《あんき》を呼ぶ。藤代の影にいる女の人の存在は、段々と大きくなっていった。由紀は自分を、騙《だま》し騙し、藤代と付き合っていた気がする。

二人の記念日も、勝手に十四日から十五日に変えられた。由紀は悲しかったが、何も言わなかった。

「だから、ユウさんとは、もう逢わないことに決めたの… 私は、ロッカだけを愛することに決めたの。もう、何も言わないで」

「わかった… でも、私…」

「いいの！　わかってるよ。叔母さんのことでしょ？　大丈夫だよ…。私は平気…　叔母さんを愛してあげて！　それでも私はロッカを愛しているから…」

　そう言って由紀はロッカを抱きしめた。由紀のロッカへの気持ちは、もうすぐ叔母さんを喪《うしな》ってしまうロッカへの同情からかもしれない…　でも、それでもいいと思った。

「ン…　ありがと、由紀ちゃん…」

「ううぅん…　私がそうしたいだけだよ…　あッ、そうそう、このまえ、亥銀先生からチケットもらったよ。二枚！　八月十日、渋谷だって！　ほら、ロッカも行ってみたいって言ってたでしょ？」

　由紀は裸のまま、ベッドから出て自分の鞄を持ってきた。そしてチケットを二枚取り出した。亥銀の劇団公演の入場券である。ロッカに手渡し、再びベッドに滑り込んだ。

「亥銀さんって、ユウさんの塾の…」

「そうだよ！　この前、舞台を見ないかってメールが来たから、じゃあ、二枚くださいって返信したのね。そしたら、チケットを只《ただ》でくれたうえに、ファミレスで食事までおごってもらっちゃった！」

「へぇ、その亥銀さんって、やっぱり由紀ちゃんのこと、好きなのかな…」

「さぁ、どうかな！　でも、携帯の番号変えちゃったから、もう亥銀先生とも連絡は取れないよ」

由紀はそう言うと、再びロッカにキスをした。

朝になった。

由紀はロッカの胸の中で目覚めた。服を着て、窓辺に立ってカーテンを開けた。ロッカは、まだ寝ている。窓を開けて空気を入れ替えた。

もう十時になろうとしていた。

振り向くと、由紀の後ろに藤代がいた。

驚いて由紀は後退《あとずさ》った。

「どうしたの？　由紀ちゃん…」

よく見ると、ロッカであった。由紀は目をこすった。

——なぜ、ユウさんが見えた気がしたんだろう…

三

由紀は、自宅の前を掃いていた。

祖母に掃除を頼まれた。八月十四日の午前であった。

——去年までは毎年、今日か明日、ユウさんとデートしていたんだなぁ…

由紀は掃除の手を休め、空を仰《あお》いだ。

夏空が青く、雲は綿のように白い。今日も暑くなりそうだ。

やや離れた通りを武田和江が歩いていた。和江も由紀に気付いたようだ。由紀のところに走り寄ってきた。お互いに挨拶《あいさつ》した。

「ひさしぶり！」

「元気だった？」

「学校、変わっちゃうと会わないモンだよねーッ」

お互い、しばらく取り留めのない会話をした。

「そういえばサ、私達が行っていた塾、つぶれちゃったねーッ！」

和江が笑顔で、あっけらかんと言った。

「えッ？　なにそれ？」

由紀は驚いて訊いた。

「え？　知らないの？　藤代先生が死んじゃったンだよ！　自殺だって！」

「え――ッ！」

由紀は大声を発した。愕然《がくぜん》とした。脚が震えてきた。ガクガクと膝が痙攣している。由紀は立っていられず、その場に倒れこんだ。

「由紀！　由紀ッ！　大丈夫？　おばさん、呼んでくるね！」

和江の声は聞こえるが、身体が起き上がれなかった。由紀の家に走り込む和江の姿が見えた。


由紀は自分の部屋で、藤代の写真を見つめていた。

信じられなかった。あの藤代が自殺だなんて…　あのクールで自信家の藤代が自殺だなんて…。

しかも死亡推定日時《すいていにちじ》は、七月二十日……。

その日、由紀はロッカの家にいた。そして朝、藤代を見た気がした。

――あれは…　本当にユウさんだったの？　私に別れを言いに来たの？

由紀の目に涙がこぼれた。

――私がユウさんを殺したの？　本当に、私の他に女の人はいなかったの？　私の誤解だったの？　勘違《かんちが》いだったの？　ユウさんは、独りで苦しんで死を選んだの？　本当は私だけを愛してくれていたの？　私は…　私は、どうすればいいの？

由紀の涙が、止《と》め処《ど》もなく溢れてきた。

――今日は八月十四日、私達の記念日…

この日に由紀は藤代の死を知ったのだ。由紀は、運命的なものを感じた。

本当に大切なものは、失ったときに初めて知るという。

由紀は、その言葉のもつ意味を、生まれて初めて噛みしめていた。

著者プロフィール

村雨 凶二郎（むらさめ きょうじろう）

神奈川県鎌倉市生まれ
法政大学経済学部卒
現在、現役塾講師

塾講師

2004年4月15日　初版第1刷発行

著　者　村雨 凶二郎
発行者　瓜谷 綱延
発行所　株式会社文芸社
〒160-0022　東京都新宿区新宿1-10-1
電話　03-5369-3060（編集）
03-5369-2299（販売）

印刷所　株式会社平河工業社

ISBN4-8355-7310-2 C0093